LAILA
E
JASMIM

Guilherme Semionato

Ilustrações de Lumina Pirilampus

LAILA E JASMIM

Copyright do texto © 2024 by Guilherme Semionato
Copyright das ilustrações © 2024 by Lumina Pirilampus

*Grafia atualizada segundo o Acordo Ortográfico da Língua Portuguesa
de 1990, que entrou em vigor no Brasil em 2009.*

PREPARAÇÃO: Paula Marconi de Lima
REVISÃO: Renata Lopes Del Nero e Willians Calazans
PROJETO GRÁFICO E COMPOSIÇÃO: Ana Clara Suzano e Priscila Wu (Ab Aeterno)

Dados Internacionais de Catalogação na Publicação (CIP)
(Câmara Brasileira do Livro, SP, Brasil)

Semionato, Guilherme
  Laila e Jasmim / Guilherme Semionato ; ilustrações de
Lumina Pirilampus. — 1ª ed. — São Paulo : Escarlate, 2024.

  ISBN 978-65-87724-47-8

  1. Literatura infantojuvenil I. Pirilampus, Lumina.
II. Título.

23-186708   CDD-028.5

Índices para catálogo sistemático:
1. Literatura infantojuvenil   028.5
2. Literatura juvenil   028.5

Eliane de Freitas Leite — Bibliotecária — CRB-8/8415

Todos os direitos desta edição reservados à

SDS EDITORA DE LIVROS LTDA.
Rua Bandeira Paulista, 702, cj. 71D
04532-002 — São Paulo — SP — Brasil

☎ (11) 3707-3500
🔗 www.companhiadasletras.com.br/escarlate
🔗 www.blogdaletrinhas.com.br
📘 /brinquebook
📷 @brinquebook

Para o meu irmão Gustavo,
o mesmo rosto, a mesma voz.

Para os meus amigos Manoel
e Renata, *no jardim que dá
flores e frutos o ano inteiro.*

Sumário

PRIMEIRO ATO: Tchau   9

  Capítulo 1   10

  Capítulo 2   17

  Capítulo 3   23

  Capítulo 4   30

  Capítulo 5   37

  Capítulo 6   46

  Capítulo 7   54

  Capítulo 8   62

  Capítulo 9   72

INTERVALO: *Os doze meses*   83

SEGUNDO ATO: Oi   89

  Capítulo 10   90

  Capítulo 11   101

  Capítulo 12   114

  Capítulo 13   124

  Capítulo 14   141

  Capítulo 15   150

  Capítulo 16: Três sonhos e um poema   162

  Capítulo 17   169

  Capítulo 18   180

ANTES DE AS CORTINAS SE FECHAREM...   195

PRIMEIRO ATO
Tchau

1.

IMAGINE UMA ESCOLA BEM PEQUENA de uma cidade um pouquinho maior. Agora imagine o último dia de aula antes das férias de julho. Você sabe bem do que eu estou falando. É a *melhor* coisa do mundo, né? Os melhores dias do ano são os últimos dias de aula antes das férias de julho e de dezembro.

Aquele também seria o último dia de Laila na escola onde sempre tinha estudado. Sempre é exagero, mas é o que parecia. Os colegas de classe eram os mesmos havia tanto tempo… Mas sua melhor amiga chegou no início do ano retrasado; ela se chamava Jasmim. Laila se sentava ao lado de Jasmim. Quando o sinal batia e os alunos batiam em retirada, elas se separavam — mas eram inseparáveis.

Laila e Jasmim passaram o dia inteiro bem quietas (coisa rara, porque gostavam de falar pelos cotovelos). As meninas nunca pensaram tanto na vida. No dia anterior mesmo, elas fritaram os neurônios diante da prova de matemática, uma barbaridade! Mas agora era diferente: elas pensavam *sobre* a vida. E a vida, meus amigos, é uma prova de matemática surpresa para a qual você não estudou.

Se cérebro fizesse barulho, a professora ia mandar as duas para fora da sala. Laila e Jasmim estavam irreconhecíveis.

Jasmim se lembrava muito bem do seu primeiro dia na escola. Todos os olhos da turma ficaram grudados nela. Na hora do recreio, enquanto tirava cada um dos olhos colados no seu uniforme, Laila chegou e disse *oi*. Que alívio! Tudo que é olho se desprendeu da sua roupa e caiu no chão naquele instante.

Agora Laila passaria por isso. Seria uma aluna nova numa escola desconhecida. Todo mundo olharia para ela. Todo mundo cheio de amigos. Será que iam querer mais uma? Jasmim tinha a impressão de que as crianças que moram em cidades grandes são meio esnobes, andam sempre em bandos, têm uma porção de amigos e não querem saber de ter mais. *Não, obrigado! Estamos até aqui de amigos!*

Jasmim queria que todos soubessem que Laila era a menina mais incrível que ela tinha conhecido na vida. Nossa, era mesmo. Laila foi a melhor coisa daquele ano horrível e foi a melhor coisa do ano seguinte e desse ano também.

Estava estranha essa história da Laila ir embora. Elas tinham muita coisa para viver juntas! Jasmim ainda achava que iam arranjar algo para fazer na semana que vem e depois na seguinte e depois na próxima…

✶

Jasmim estava mais preocupada com a nova escola de Laila do que a própria. Claro que Laila pensava sobre isso, mas as aulas só começariam em agosto, então ela preferia deixar para se preocupar depois. Assim é Laila, uma garota bastante cuca-fresca.

Jasmim achava que a amiga não esquentava a cabeça com nada e admirava isso nela. Afinal, logo no ano em que se conheceram, Laila já deu uma prova disso. Veja só:

A testa partida de Laila

Onde: pátio da escola.
Quando: há dois anos, numa segunda-feira
(coisas assim acontecem às segundas).

Naquela época, Laila era uma espoleta, menina da pá viradíssima. Corria a todo vapor no recreio, feito uma doida varrida. Na hora de descer uma rampa, cataploft! Simplesmente tombou para a frente, como se fosse uma boneca de pano, e se espatifou no chão. A testa abriu. Sangue escorreu pelos olhos, boca, uniforme. Jasmim, que estava ali por perto, soltou um berro.

— Calma! — disse Laila, depois que a tontura passou.

— Sua testa! SUA TESTA! — gritou Jasmim.

— Tá muito feio?

— Não sei, não dá pra ver direito. TÁ SANGUE PURO. E agora tem uma bola. Um galo. TÔ VENDO O GALO CRESCER!

— Calma! Será que precisa chamar alguém, ou a gente dá um jeito com papel molhado no banheiro?

Jasmim foi chamar alguém. Pediram mais que depressa uma ambulância. Pois bem, aquilo gerou uma comoção nacional: bandeiras estavam hasteadas a meio mastro, o trânsito parou e a multidão arregalou tanto os olhos que as sobrancelhas foram parar no meio da testa.

A professora acompanhou Laila ao hospital. Ela levou quatro pontos e ganhou um curativo. Tudo isso sem dar um pio. Estava em dia com a antitetânica, então não precisou de outra dose. De todo modo, teria tomado mais uma sem espernear. Laila não tinha medo de vacina.

João e Nora, seus pais, pintaram por lá pouco depois. Quando Nora começou a chorar (o uniforme da filha estava ensopado de sangue), Laila disse:

— Ai, mãe. Não chora!

Laila teve alta e voltou para casa. No dia seguinte, Jasmim perguntou:

— E se você ficar com uma cicatriz?

— Não vamos pensar nisso agora — disse Laila.

Jasmim evitava olhar para o rosto da amiga, com aquela almofadinha branca em cima da sobrancelha e sabe-se lá o que por baixo. Quando se descuidava e acabava espiando, fazia cada careta!

O curativo era trocado todo dia. Na semana seguinte, os pontos foram embora. Dois meses depois, a testa partida de Laila estava novinha em folha.

Laila bem que queria que toda aquela chatice das caixas, de embalar e de selecionar coisas para jogar fora acabasse depressa. João e Nora lhe pediram para guardar só o que era importante e deram dois sacos plásticos para ela colocar tudo que não queria mais. Pois a menina pediu mais dois sacos e os encheu até a boca de coisas, sobretudo roupas, para deitar fora e para doar. *Cidade nova, vida nova!*

Nora perguntou à Laila se ela não queria guardar nenhum trabalho de artes feito naquele semestre. *Não*, não queria. Mas Nora achava que um dia, num futuro distante, a filha ia acordar e pensar: *queria tanto ver meus desenhos de quando eu era menina...* Além do mais, Nora era pintora. Imagine se ela ia deixar os desenhos da filha irem parar no lixo! Guardou quase todos sem Laila saber.

Laila tentava imaginar seu novo quarto. Como as coisas do antigo iam ficar no novo? Quanto tempo ia levar para esquecer um pouco o quarto antigo? Quanto tempo ia demorar para o novo parecer seu quarto de verdade, como se ela jamais tivesse tido outro?

Aliás, quando deixaria de sentir saudade da cidade antiga? Será que amar a cidade nova significava esquecer a antiga?

Não que ela se preocupasse muito com isso. Só um tiquinho de nada.

No fim da aula, a professora desejou boas férias para todos.

Pronto. Acabou.

Laila não era mais da turma.

Vai ser assim? Só isso?

Nessa hora, a professora disse:

— Como vocês sabem, a Laila vai se mudar, então... Surpresa! Vamos ter uma festinha de despedida pra ela.

Como num passe de mágica, chegaram alunos com suco e refrigerante geladinho. Todo mundo abriu a mochila e tirou doces e salgados de lá. Jasmim trouxe cajuzinhos.

Mas a surpresa não parou por aí: a professora lhe entregou um caderno com mensagens, rabiscos, colagens e cartinhas de todos. Fizeram tudo na moita! Foi o maior segredo da sala nas últimas semanas; passou de mão em mão a cada dia e Laila não percebeu nada.

Laila sorriu. Jasmim sorriu também. Era bom, não era? Ver a amiga feliz?

Era, era. É claro que sim.

Mas Laila tinha alguma coisa. Alguma coisa no sorriso. Alguma coisa nos olhos. Um brilho. Algo que apareceu quando ela soube que ia morar noutra cidade e que nunca mais a deixou.

Alegria. Felicidade. Esperança.

Jasmim ficou boba de ver. Apagou seu sorriso e, se pudesse, passaria a borracha no de Laila também.

Como assim ela parecia feliz? Pronto, era isto que incomodava Jasmim desde que soube que a amiga ia partir: *Laila não parecia triste de ir embora.*

Como alguém pode estar contente com isso? Escola nova, colegas novos, tudo novo. Era fácil assim para ela?

Estava uma coisa o peito de Jasmim. Um frio, um roxo feio. Estava apertado e duro. E batia forte que só vendo.

Você já viu um rosto interessante na rua? De alguém que você não conhece... E então inventou uma história para ele?

Se você nunca fez algo do tipo, saiba que Laila e Jasmim eram exímias nisso. Dia desses mesmo, a caminho da escola, as duas passaram por um senhor de suspensórios e logo começaram:

— Come banana com aveia todo dia no café — disse Laila.

— Tem só quatro dentes na boca — disse Jasmim.

— Que maldade!

— Tá. Tem todos os dentes menos dois.

— Reclama sem parar dos políticos.

— Acorda antes do sol e pensa na mulher, que já morreu — disse Jasmim.

— Tadinho. Que triste...

— É mesmo.

Jasmim nunca pensou que um dia fosse olhar para Laila e não a reconhecer direito. Então, na festa de despedida, fez algo que jamais tinha feito: olhou comprido para o rosto da amiga, como se o desconhecesse por completo, e foi inventando coisas:

Tem pais legais.
Adora histórias (nos livros e nos filmes).
Detesta quando canetas estouram na sua mão.
Gosta de animais, mas só dos livres.
Não pensa em besteira ou em coisas ruins.
Sonha bonito e sonha sempre.

Mas Laila não era o velhinho de suspensórios. Tudo que veio à cabeça de Jasmim era bem verdadeiro — afinal, ela conhecia Laila como a palma da mão. Era só aquela partezinha nova, de estar feliz por mudar de cidade, que ela não entendia.

2.

QUANDO A FESTA TERMINOU e a turma foi liberada, a algazarra se prolongou corredor afora. Tinha menino jogando a mochila para cima, tinha menina olhando os livros com cara de até-mês-que-vem, tinha menina e menino combinando de ir a uma pista de patinação no gelo, a maior novidade da cidade.

Mas Laila era a atração principal. Era rata de biblioteca e atleta consagrada, sempre agarrada com um livro ou uma bola. Era fantástica no basquete, ótima no handebol e boa no futebol (excelente goleira e perna de pau no resto). Dava cada bolada boa no queimado: não tão forte para doer, mas forte o bastante para acertar. Nadava borboleta com a graça de uma garça. E topava coisas; dizia sim quando queria dizer sim e não quando queria dizer não, mas, se pudéssemos contar um por um, os sins ganhariam de longe.

Por ser querida por meninas e meninos (um feito notável, digno de grandes personalidades da História), foi cercada ali no corredor como um jardim colorido. E soprou flores e boas promessas a todos:

— Eu vou voltar até o fim das férias, prometo. São só duas horas de viagem! E vocês vão lá me visitar quando tudo estiver organizado, viu?

Era bom pensar nisso. Na ideia de voltar. Assim, as pessoas se mudam e, de alguma forma, asseguram a si mesmas de que nada realmente mudou.

Mas Laila teve tempo de se despedir de todos os seus amigos. Quando soube que ia embora, decidiu lá no coração dela que a despedida ia começar já naquele dia. E passou os últimos dois meses se despedindo em silêncio, dizendo (sem dizer) adeus a todo mundo. Mas com Jasmim era diferente. Era a única pessoa de quem ela sentia que tinha de se despedir mais e mais, até o fim.

Bem cedinho dali a três dias, ao som do cocoricó dos galos, se alguém fosse à casa de Laila dizer tchau, quando ela e seus pais estivessem indo embora *de verdade*, esse alguém só poderia ser Jasmim. Seus outros amigos continuariam roncando na primeira segunda-feira das férias. Laila já tinha se despedido deles, eles já tinham se despedido dela. Era Jasmim que estaria de pé no portão.

E a Jasmim, que sumiu?, pensou Laila.

Jasmim morava com a mãe, Margarida, num edifício do tempo do Onça, sem elevador. Na casa delas não se entrava com os sapatos da rua, mas dessa vez ela não tirou; foi marchando com eles até o quarto. Fechou a porta. A mãe logo a abriu — sem bater antes. *Como é difícil ficar sozinha nessa casa!*

— Arroz, feijão, carne moída com ovo e abobrinha — disse Margarida. — Você ainda gosta de angu?

— Gosto.

— Muito?

— Muito.

— Então tem angu. Achei melhor perguntar, você tá mudando tão depressa — disse a mãe, sorrindo. Jasmim não sorriu de volta, então Margarida engoliu o sorriso.

— Acho que eu vou gostar de angu pra sempre, mãe.

— Tô terminando de lavar a salada. Vem pra cozinha em vinte minutos e me ajuda a botar a mesa, tá?

— Tá.

Vinte minutos. Vinte minutos para pensar. Jasmim passeou os olhos pelo quarto. Aquele livro ali deitado era da Laila. O casaco vermelho pendurado na cadeira também era dela. Era bom separar essas coisas para devolver.

Jasmim fechou os olhos. *Pensa, pensa. O que mais?*

Agosto, quando as aulas recomeçam. O que vai ser dela sem a Laila? Jasmim tentava imaginar quem se sentaria ao seu lado no segundo semestre. Imaginou o rosto de cada um dos colegas, mas todos ficaram em pé diante dela, nenhum se sentou ao seu lado. Foi aí que ela virou a cabeça e se deparou com um rosto desconhecido: um menino ruivo com sardas. Quem era? Será que ele seria seu melhor amigo? Ruivo com sardas e olhos azuis profundos, tão profundos.

De repente, o menino desapareceu. Todos sumiram. Os colegas, a professora. Jasmim estava sozinha na carteira, na sala, no mundo. Alguém bateu à porta. Era o velhinho que Laila e Jasmim tinham avistado na rua. Entrou de bengala, sentou-se na ponta da cama e disse:

— Eu não gosto de banana, tenho todos os dentes na boca, não leio sobre política, minha esposa está viva e Laila vai te esquecer num piscar de olhos.

Alguém bateu à porta. Era sua mãe. Jasmim deu um sorriso aguado.

— A comida tá pronta, filha. Só falta botar a mesa.

Jasmim a acompanhou até a cozinha.

Um mar de caixas, papel pardo, jornais amassados e plástico bolha. Laila achava que plástico bolha era o troço mais gostoso do mundo mundial, mas até ela já tinha enjoado daquilo.

A casa estava de pernas para o ar. Seu pai tirou uma foto dos cabos ligados no computador, para poder se lembrar de como montar tudo aquilo de novo.

— Por que a gente tem esse trambolho em casa? Lembra como era a vida sem internet, pirralhinha?

— Não.

— Azar o seu.

— Pai, por que você tá desmontando o computador agora? A mudança só sai em dois dias.

Mas ele não respondeu, só resmungou mais um tanto sobre o mundo moderno.

A mãe encapava dois espelhos com plástico bolha ali ao lado.

— Olha, sete anos de azar é tempo pra chuchu. Não sou nova feito você, não tenho mais a vida toda pela frente.

— Mãe, espelhos quebrados não dão sete anos de azar. A vovó só falava isso pra você parar de jogar bola na sala.

Dava para notar que Laila estava um tico irritada. Quando não se esforçava para acalmar a rabugice do pai e não via graça nos gracejos da mãe, xiii... De quem Laila precisava naquele momento? Do irmão.

Manoel tirava uma soneca numa caixa entupida de livros. Quando Laila via o Manoel, ela ficava completamente feliz.

— Acho que uma mudança é o paraíso pra você, né, Manoel? Esse bando de caixa, os armários vazios... — disse ela, e beijou a cabeça do gato, um tigrinho laranja e gorducho com longos bigodes brancos.

Laila foi para o quarto. Apesar de ter se livrado de quatro sacos de tralha, ainda tinha um caminhão de coisas ali para encaixotar. Ela jamais jogaria livros no lixo, por exemplo. No máximo, presentearia um amigo com um. Mas, antes de passá-lo adiante, ficaria um instante em silêncio com o livro; reveria na primeira página a data em que o comprou e o ex-líbris que a mãe tinha feito para ela marcar seus livros. Era o desenho de uma menina lendo em cima de uma torre; embaixo estava gravado "A biblioteca de Babel da Laila".

Enquanto ela examinava seus livros um por um, Manoel miou e entrou no quarto (era educado e pedia licença para entrar). Esfregou o queixo na quina de uma caixa e espreguiçou comprido.

— Manoel, você gosta do mar?

Laila e Jasmim moravam numa cidade de montanha. Laila se mudaria para perto do mar.

— Porque às vezes o mar é azul-claro, mas outras vezes ele é azul-escuro demais pra mim. E eu tenho medo de não voltar pra areia nunca mais — disse Laila, mais para si mesma que para o gato.

Manoel não respondeu. Ele geralmente não respondia mesmo, mas ainda assim Laila o entendia. Dessa vez, Manoel não deu a menor bola e se esgueirou do quarto (acontece com quem tem gatos). *Como é fácil ficar sozinha nessa casa!*

Acho que Laila estava triste porque não tinha mais escola, porque seus pais nem perguntaram como foi seu último dia por lá, como se a mudança não significasse nada para ela. E também porque Jasmim foi embora sem falar tchau direito. E ela sempre fala tchau direito.

Abriu o caderno de lembranças e o folheou depressa. Queria porque queria encontrar a mensagem de Jasmim. Logo avistou um sol amarelão de cartolina colado numa das páginas. Será que era dela? Embaixo, a flor branca do jasmim, perfumando a tarde. Era, sim. Ao lado da flor, tinha um poema:

> Um dia você veio me falar
> que Laila significa noite em árabe.
> Então eu esperei a noite chegar
> para escrever que talvez
> Laila seja dia em português.

3.

ENQUANTO LAVAVA A LOUÇA do almoço, Margarida fez tantas perguntas à Jasmim que a menina ficou sem saber o que fazer com elas. As perguntas ensaboadas entravam pelos ouvidos de Jasmim e ficavam ali, borbulhando na cachola. A maioria era sobre Laila. Margarida perguntou se a mudança estava encaminhada, se eles já tinham casa, se Laila já tinha escola. As respostas eram *sim, sim* e *não, mas eles estão vendo isso*. Respostas *beeem* curtas para tanta tagarelice. Quando as respostas são muito menores que as perguntas, é porque...

— Tem alguma coisa te preocupando? — perguntou Margarida.
— Não.
— Você tá quieta.

— Eu sou quieta. Puxei pro papai, você sempre fala.

— Mas tá muito quieta!

— Tô quieta normal, mãe.

Margarida enxaguou as quatro panelas que restavam, secou a pia e as mãos, e disse:

— Ah, boa notícia. Lembra aquela moça, a que vai casar?

— Lembro.

— Telefonou. Quer que eu faça todos os vestidos. Dela, das madrinhas e das daminhas de honra.

— Pra quando?

— Dá tempo, não se preocupa. Vou sair daqui a pouco pra comprar os tecidos.

Margarida esperou um bocado, mas sentiu que não ia receber resposta alguma da filha. Teve de quebrar o silêncio:

— São só duas horas de viagem entre lá e cá.

— É.

— Vai ser como se ela não tivesse ido embora.

— Vai — disse Jasmim, e foi escovar os dentes.

Enquanto isso, vou contar uma história:

O enterro do pai de Jasmim

Onde: Cemitério Lírio-do-Vale.
Quando: há dois anos, num domingo.

Morrer: não se faz isso a uma criança, mas foi o que o pai de Jasmim fez. Ir morrendo aos pouquinhos: também não se faz isso a uma filha, mas foi o que o pai dela fez.

O dia do enterro tinha um sol gostoso toda vida, aquela brisa de montanha, fresca como uma nascente. O carro preto e reluzente da funerária, o caixão de mogno, as coroas de flores, repletas de rosas brancas e crisântemos. Na hora da despedida mesmo, apesar do dia ameno, todas as palavras se derreteram ao sol.

Dois dias depois, Jasmim viu a mãe com uma calculadora, somando notas, sozinha, exausta. Era tanto número, e tudo parecia tão caro. Aí Margarida olhou para ela e disse:

— Seu pai merece o melhor. Não podia economizar com ele.

E Jasmim só se lembra de pensar que um enterro chique era uma bobagem enorme que, no fim, não valia a pena. Que era possível dizer um adeus bonito sem nenhuma dessas coisas, porque elas não traziam ninguém de volta. Era melhor ter gastado aquela dinheirama comprando fruta na feira, pão na padaria e sorvete no parque. O pai concordaria com ela.

Jasmim, hoje, nem sabe diferenciar mais a missa de sétimo dia da de um mês, confunde as pessoas do velório com as do enterro, o que cada uma vestia, as palavras de consolo que diziam (eram todas iguais). Aquelas pessoas tentaram preencher sua vida nas semanas e meses seguintes, mas ninguém conseguiu. Laila! Laila conseguiu, aos poucos. Um cadinho... consideravelmente... bastante... muitíssimo.

Jasmim foi para o quarto e pegou uma folha de papel. Resolveu escrever um poema. Não tinha momento melhor que a primeira tarde de férias para criar um.

O título era "Minhas férias". Aí ela riscou e colocou "Férias". Aí ela riscou e não escreveu mais nada.

No verso da folha, escreveu "Meu futuro namorado". Aí ela riscou e botou "Onde está o meu amor?". E começou:

Onde está o meu amor?
Estuda em outra escola?
Tem irmãos e irmãs?
Tem pai?

Onde está o meu amor?
Será feliz comigo
ou vai querer outro alguém?
Já me conhece
ou ainda vai me conhecer?

Amassou a folha e tacou na cesta de lixo. Jasmim gostava de inventar rimas, mas não encontrou sequer uma para o poema. Laila volta e meia lhe dava boas palavras. Se Laila tivesse lido esse poema, talvez ele não estivesse todo amarfanhado ali na lixeira, coitado.

Catou o poema e o desamassou.

— *Samurai. Samurai* rima com *pai.*

Pegou outra folha e escreveu:

Onde está o meu amor?
É forte como um samurai?
Tem irmãos e irmãs?
Tem pai?

— Horrível — disse ela, arremessando as folhas no lixo.

Jasmim adorava escrever poemas, mas tinha um senso crítico bem forte. Sabia que eles não eram muito bons, mas o jeito era continuar escrevendo, escrevendo, escrevendo. Mais cedo ou mais tarde, ia encontrar o que era dela, sua própria voz. *Será que vem num estalo? Será que é uma voz forte e doce?*

Naquela noite, pela fresta da porta, Jasmim ouviu Margarida conversando pelo telefone com sua tia:

— Tô preocupada. Você sabe como ela se apegou à Laila naquele ano. Agora ela tá enfurnada no quarto, quase não abre a boca, nem olha pra mim direito. Parece que eu passo metade do tempo falando com o vento. (...) Eu conversei com a psicóloga, ela disse que a Jasmim parecia tranquila com a mudança. (...) Não, não. Tá diferente hoje. Será que é porque foi o último dia de aula? Pode ser isso. Minha menina agora tem segredos... ou então eu que não sei mais como falar com ela.

Nossa, como Jasmim detestava ouvir a mãe falando sobre ela, se preocupando com ela, achando que ela estava triste, que tinha problemas. O único lado bom disso era saber o que a mãe estava pensando ou sentindo. Jasmim também se esqueceu um pouco de como falar com a mãe.

Nos meses seguintes à morte do pai, Margarida não parava de lhe perguntar *como você tá?* e *tudo bem contigo?*. Quando respondia, Jasmim se sentia mais leve, menos triste. Aprendeu a falar sobre si mesma e a se conhecer mais profundamente. Mas o tempo foi passando, as perguntas da mãe deixaram de ser tão frequentes, e Jasmim não precisava mais buscar coisas dentro de si mesma. E as duas se fecharam um pouco.

Deu alguns passos para trás e disse:

— Mã-ãe, vamos fazer um milk-shake?
Do quarto, a mãe respondeu:
— Vai separando as coisas, já tô indo.

— O que você anda lendo? — perguntou Margarida.
Jasmim deu um gole antes de responder. As duas, como sempre, usavam canudinhos. A regra é clara: milk-shake precisa de canudo.
— Nada. Tava estudando pras provas, mas agora dá pra ler um livro.
— Qual?
— Não sei. Tem um da Laila que eu comecei e não terminei. Mas não sei se vai dar tempo de eu ler antes da mudança.
— Qualquer coisa você devolve, me diz qual é e eu compro pra você.
— Tá.
Nunca sobrava louça para o dia seguinte na casa de Margarida e Jasmim. (Essa era a segunda norma da casa, tão importante quanto tirar os sapatos antes de entrar.) Depois que tudo estava um brinco, cada uma foi para o seu quarto.
Jasmim se deitou na cama. Levantou-se e pegou o livro da Laila; aliás, da "biblioteca de Babel da Laila". Ela achava aquele carimbo bonito até dizer chega. Talvez pedisse um de aniversário à mãe. Mas o que viria inscrito nele? "O jardim de histórias da Jasmim" parecia bom... Jasmim sempre quis ler mais do que lia, sempre quis ler com a voracidade da Laila. Teve um dia em que a amiga disse, sem maldade, como quem não quer nada, *Você não lê muito, né?*, e ela ficou toda sentida.

Folheando o livro, Jasmim pensou: *e se a Laila se esquecer depressa de mim?* Ser esquecido é de cortar o coração. Mas o pior é que não dá *mesmo* para saber se alguém nos esqueceu. Ou o quanto que uma pessoa pensa na gente. Será todo dia? Duas vezes por semana? Talvez Laila pense nela na outra cidade quando olhar para a sua biblioteca e vir esse livro, que Jasmim vai devolver logo mais. Sei lá. Se a gente não consegue entrar na cabeça de uma pessoa nem olhando no olho dela, imagine na de alguém em outra cidade...

De vez em quando, Jasmim se pegava pensando que tinha esquecido um pouco a voz do pai. Quando era forte e doce ao mesmo tempo. E o rosto. Quando era bonito e cheio de vida. Ela se lembrava bem da *outra* voz e do *outro* rosto. *Espero que a Laila nunca tenha outra voz nem outro rosto*, pensou Jasmim.

Quando se recordava disso, sacudia forte a cabeça. Para Jasmim, essas lembranças eram como caixinhas. Ela podia pegá-las da estante e tirar a tampa, mas também conseguia guardá-las na prateleira, longe do coração. Sabia o que tinha dentro delas e podia escolher quando abrir e quando fechar.

Embrulhada no edredom, Jasmim estava convencida de que não dormiria direito naquela noite. Alheio à menina, o travesseiro lhe soprou sonhos.

4.

— MÃ-ÃE, CADÊ MINHA TOALHA? — berrou Laila do banheiro.

Nora chegou apressada com a toalha. Laila se secou e vestiu uma camiseta xexelenta e um short mixuruca que não usava havia muito tempo. Não tinha nada inteiro ou em pé naquela casa. Metade das coisas estava nas caixas e a metade que não estava não servia para nadica de nada.

João ouvia música na sala, deitado no chão, uma taça de vinho ao lado.

— Pai?
— Hummm?
— Como eu vou fazer amanhã? Me despedi do pessoal da escola hoje, mas quero rever a Jasmim.
— Claro. Quer passar o dia com ela?
— Quero.
— Vem cá, você já começou a arrumar suas coisas?
— Mais ou menos.

— Já vou lá te ajudar. Deixa só o chão endireitar minha coluna. Tô todo estropiado.

Laila foi para o quarto. Sentou-se na cama e passeou um olhar preguiçoso pelo campo de batalha. Não sabia nem por onde começar...

Pelos livros! É sempre um bom começo.

Suas escritoras preferidas ganharam um cantinho só delas: tinha a seção da Lygia Bojunga, com uma dúzia de livros com lombada amarela, a da Marina Colasanti e a da Fernanda Lopes de Almeida. Por ali também morava a coleção quase completa dos livros da Mary e do Eliardo França, com os quais aprendeu a ler. E tinha tantos clássicos que a gente perdia a conta! *O pequeno príncipe*, *O jardim da meia-noite*, *Meu pé de laranja-lima*, *O menino do dedo verde*, *O feiticeiro de Terramar*, *Matilda*, *Manolito*, *A teia de Charlotte*, *Os bichos que tive*, *A mulher que matou os peixes*, *Emil e os detetives*... Tinha tudo da Bruxa Onilda, do Harry Potter, dos Moomins, e tinha o Sítio do Picapau Amarelo inteirinho.

Nora apareceu por ali e, ao ver a filha mexendo nas estantes, disse:

— Fico tão feliz de ter uma filha que lê!

E foi embora encaixotar alguma coisa. A mãe lia livros sobre artes plásticas. O pai gostava de biografias e livros de guerra. Laila não fazia ideia de onde vinha seu gosto pela leitura. Será que nasceu com ela e cresceu aos poucos, até ocupá-la por inteiro? Laila achava que algumas coisas ficam guardadas desde sempre dentro da gente, e a tal vontade de ler era uma delas. Um belo dia, por qualquer razão, você tem um estalo, a tal da vontade acorda e você vira leitor. E logo já tem uma biblioteca e aquele cuidado bonito de vê-la espichar cada vez mais.

Nesses últimos anos, Laila passou a recomendar livros para outras pessoas, em especial para Jasmim, que lia bem menos que ela. Poucos meses depois que o pai morreu, Jasmim contou para ela que ficou angustiada por ter parado de chorar à noite pensando no pai, apesar de querer chorar. Laila achou que a amiga precisava destrancar aquele choro, e um livro emocionante destranca muito a tristeza da gente. Choramos pelo livro e por nós mesmos. Então Laila lhe emprestou *Corda bamba*. Quando Jasmim devolveu o livro, disse que foi tão bonito quando Maria se viu nascer no barco e tão doloroso quando ela se lembrou de seus pais trapezistas caindo da corda.

O pai bateu à porta. Laila levou um bruto susto.

— Posso entrar?

— Pode.

— Quer ajuda?

— Quero.

Dedicaram-se aos livros. O pai tocava neles com delicadeza, como se fossem relíquias; Laila adorava ver isso. Passaram para as roupas, que foram colocadas em caixas com cabideiro. Manoel dormia empoleirado no armário, embaixo das barras dos vestidos. Tremia de leve, as patinhas se mexendo.

— O Manoel tem sonhado bastante de uns tempos pra cá — disse João. — Vive tremendo enquanto dorme.

— Ah, eu daria tudo pra ver um sonho dele!

— Faz um tempo que eu li que os gatos sonham com as coisas que acontecem no dia a dia deles, tipo comer ração e perseguir lagartixas. Mas eu acho que o Manoel inventa coisas enquanto sonha.

— Talvez ele sonhe com a África...

Vou dar uma pausa na história para contar um pouquinho sobre o Manoel:

A adoção do irmão de Laila

Onde: Cidade do Cabo, na África do Sul.
Quando: há doze anos.

Há pouco mais de uma década, João vivia na Cidade do Cabo, trabalhando num projeto humanitário de construção de moradias dignas em assentamentos. Lá moravam homens, mulheres e crianças em barracos sem eletricidade, água encanada, esgoto, banheiro. Já estava casado com Nora havia anos, mas Laila ainda não existia nesse mundo. João vinha ao Brasil a cada fim de mês, por uma semana, e logo retornava à África do Sul.

Certo dia, Nora lhe contou por telefone que estava grávida de dois meses e que não conseguiria ser mãe e pai do bebê por três semanas todo mês. Nora precisava do marido no Brasil. Ele pediu transferência; aquela seria então sua última viagem à África.

João aproveitou para conhecer de verdade o lugar onde trabalhou por um ano. Foi aí que ele descobriu que é muito complicado conhecer de verdade uma cidade. Ainda mais uma tão misteriosa quanto a Cidade do Cabo, uma terra de piratas, de grandes navegadores, de pessoas que sonham. Uma cidade varrida pela bruma, dona do menor e mais rico reino floral do mundo. Um lugar com baleias, pinguins, babuínos. Uma cidade belíssima com uma história triste toda vida.

No dia anterior ao regresso, João fez uma trilha de quatro horas para subir a Montanha da Mesa. A bruma cobria o topo da montanha; naquele paraíso se podia chegar além das nuvens com os próprios pés. Do alto, a cidade se transformou numa miniatura. Parecia não haver mais ninguém ao redor, apenas os dois, homem e cidade. Zanzou por lá com o entusiasmo daqueles que temem não regressar. E terminou por exclamar:

— Nenhuma cidade pode me dar o que essa aqui me deu!

(Duas crianças riram dele, porque estava falando sozinho e isso é mesmo engraçado. João até pensou que seria bom que sua criança risse dele às vezes, mas não sempre.)

Afinal, o que você acha que a Cidade do Cabo deu a João? Pois nem ele sabia. É o tipo de coisa que se descobre depois que se vai embora.

João queria porque queria levar lembranças do passeio. Catou pedrinhas por ali e colocou-as no bolso, recolheu um pouco do mato e até arrancou uma flor (o que era meio feio, mas paciência). Com o bolso cheio de natureza, fez o percurso de volta. Quando estava chegando à cidade, ouviu um miadinho tão fino, tão mirrado. Fechou os olhos para escutar melhor e tornou a abri-los. Ao lado de dois girassóis enormes, encontrou um girassolzinho de pelo, com olhos remelentos, sujo de terra e esfomeado. O gato o fitou como se dissesse:

— Me nomeia.

E João, que amava gatos, mas que jamais teve um, respondeu:

— Manoel.

No dia seguinte, quando avistou o marido no desembarque com as malas e a caixa de transporte do gato, Nora disse:

— Você trouxe um gato da África?

Beijou a barriga da mulher e pensou no nome que dariam à filha. Era tão curioso não saber seu nome naquele momento em que eram apresentados e era mais curioso ainda ter certeza naquele instante de que seria uma menina... E respondeu:

— Trouxe. É meu presente pra ela.

— Pode ser menino.

— Pode, mas é menina.

— Qual é o nome dele?
— Manoel.
— Eu só espero que ele goste do Brasil.
Sete meses depois, o gato sul-africano ganhou uma irmãzinha brasileira. Por que não haveria de gostar do Brasil?

No fim da tarde, os livros e as roupas de Laila já estavam guardados. Enquanto Manoel sassaricava pela casa, ela ficou quietinha na cama, de olhos fechados. Até que... VUUUUU, começou a ventar *aquele* vento. Soprava rente à janela do quarto da menina e, como faria a um pássaro enjaulado, a chamou para o jardim.

Quando a noite se aproximava e as luzes se acendiam dentro de casa, mas não no jardim, as árvores ganhavam outra vida. Farfalhando ao vento, douradas pelo poente, tinham um mistério diferente do verde do dia. As árvores eram as últimas coisas tocadas pela luz do sol. Havia um balanço na maior delas, e as cordas que o atavam ao galho mais forte eram como asas caídas do céu.

Laila se sentou no balanço e sacudiu os cabelos. No jardim ventoso, o cabelo ondulava, dando uma volta completa ao mundo. E a cidade ficava tão distante, parecia até que tinha partido feito um navio. Ou foi a própria casa que zarpou, deixando o jardim só para ela?

Seu lugar favorito para ler ficava lá mesmo, no jardim de casa. Bastava pegar um livro, se sentar com as pernas cruzadas e encostar as costas na árvore do balanço. As histórias que leu e que lia eram como troncos bem grossos de árvores. Se Laila tirasse uma lasca de madeira, haveria outra por baixo. E outra, e então outra. Laila jamais se sentiria sozinha com um bom livro, porque há sempre algo especial, novo ou diferente que quem escreveu escondeu ali só para ela. Para ela descobrir depois, quando precisasse daquilo.

Além de Jasmim, Laila teria de se despedir do jardim até o último instante.

Foi até a casinha atrás da casa. Lá era o ateliê da mãe. Às vezes sentia saudade de fazer trabalhos manuais com ela. Quem a conhece hoje — toda atleta e leitora — jamais imaginaria Laila criando croquis de moda e inventando roupas malucas, desenhando em seus tênis de lona com canetinhas e decorando caixas de cereais com papel de presente, botões e miçangas.

Sempre batia antes de entrar. Nora, em vez de arrumar suas telas, estava pintando. Era outro quadro de sua série de paisagens bem amplas, lugares tão distantes delas: cânions, fiordes, falésias, despenhadeiros. E de repente aparecia algo tão pequeno e tão nosso, tão *humano*: uma máquina de costura, um velotrol, um cubo mágico. A paisagem estava em preto e branco, mas esses objetos eram bem coloridos.

— Esses últimos dias nessa casa... — disse Nora. — Se eu morasse em outro lugar esses anos todos, minha obra seria tão diferente. Talvez eu nunca tivesse feito isso.

— Você acha que o que você pinta tem a ver com o lugar onde você mora?

— Não só acho como tenho certeza.

— E quem mora no meio da guerra? Pinta?

— Pinta. Quem precisa pintar pinta.

— E se eu morasse perto do mar esses anos todos? Que que seria diferente em mim? — perguntou Laila.

— Não sei, mas...

— Quê?

— Essas suas perguntas... Continue perguntando essas coisas.

5.

TODO SÁBADO DE MANHÃ, Jasmim tinha consulta com a psicóloga. O consultório ficava praticamente na esquina de casa. Até pouco tempo atrás, Jasmim gastava mais da metade das sessões falando do temido sexto ano e de como isso parecia querer dizer que *agora ela cresceu, virou gente grande, tem de ser mais responsável...*

— Férias! — disse Cláudia.

— Férias...

— Me lembro de você tão preocupada com o sexto ano...

— Todo mundo fica, ué! Um montão de professores e de cadernos, mais provas... A mochila pesada que nem chumbo, de tanto livro.

— Metade do ano passou, e olha só...

— O quê? — perguntou Jasmim.

— Não assusta mais.

— Não. Não assusta.

— Eu tava relendo minhas anotações antes da sessão, e teve uma vez que você disse algo como: *no ano que vem, eu vou ser a mesma pessoa que eu sou agora, mas vai ser tudo diferente.*

— Disse?

— Disse.

— Minha mãe disse que eu tô mudando. Você acha que eu tô mudando?

— Você acha que tá mudando?

— Eu fiz a pergunta primeiro.

— Eu vou responder, mas quero saber sua opinião antes.

— Você *sempre* faz isso.

— Suas perguntas são boas, Jasmim. É por isso.

— Eu acho que vou ser sempre a mesma pessoa.

— Já eu acho que você mudou bastante nesses dois anos. E gosto de acompanhar isso toda semana.

Jasmim ficou quieta. Quando isso acontecia, Cláudia também ficava muda.

— Você gosta de mim como uma amiga? — perguntou Jasmim.

— Eu gosto muito de você.

Silêncio.

— E a Laila? — perguntou Cláudia. — Você nem tocou no nome dela. Ela vai embora depois de amanhã, né?

— É.

— Como você tá se sentindo?

— Meio triste, mas não taaanto.

— Vocês vão se ver hoje?

— Vamos. Ela me ligou mais cedo, disse pra gente passar a tarde e a noite juntas. Vai dormir lá em casa.

— Semana passada você disse que a mudança sai domingo e ela vai com os pais na segunda, é isso mesmo?

— É. Eu pensei em chamar ela pra dormir lá em casa no domingo também. Depois que a mudança sair, acho que nem deve dar pra dormir direito na casa dela.

— É uma boa ideia.

— Vou pensar.

— É claro que você vai pensar.

Cláudia a provocava às vezes. *É claro que você vai pensar.* Como se ela não fizesse outra coisa a não ser isso. Era melhor mudar de assunto.

— Acho que eu fui bem nas provas.

— Como sempre, né? Nove, dez. Um oito, uma vez na vida, outra na morte.

— Talvez venha um sete em matemática…

— Um sete é mesmo uma tragédia. Eu não sei como você vai sobreviver…

Jasmim sorriu.

— Não precisa se preocupar com isso agora, precisa? — perguntou Cláudia.

— Não. Mas eu quero só ver…

Silêncio. Bem curtinho.

— Você escreveu algum poema essa semana?

— Não. Ah! Escrevi um ontem, mas não conta. Joguei fora.

— Por quê?

— Por que o quê?

— Pra que jogar fora?

— Era ruim, ué.

— Quer me contar sobre o que era?

— O título era "Onde está o meu amor?". Era sobre isso.

— Hum! E onde está o seu amor?

— Não sei.

— Você acha que vai encontrar ele um dia?

— Acho.

— Posso dizer uma coisa?

— Pode.

— Eu acho uma pena você jogar fora seus poemas.

Silêncio. Mais comprido dessa vez.

— Como vai sua mãe? — perguntou Cláudia.

— Eu ouvi ela falando de mim ontem pra minha tia.

— O quê?

— Que ela tava preocupada comigo.

— Por causa da Laila?

— Por causa da Laila. Por causa da despedida.

— E como você tá se sentindo pra hoje? Tá animada pra ficar com ela mais tarde?

— Acho que vai ser triste.

Silêncio. Dessa vez um silêncio grande, desses que pesam nos ombros.

— Eu só queria não dar tanta preocupação pra minha mãe. Ela podia me esquecer um pouco...

— Mas isso não vai acontecer. Ela é sua mãe. É importante não levar tudo *tão* a sério.

— Mas e se for sério?

— O quê?

— Tudo isso! — disse Jasmim, abrindo os braços. — E se minha mãe tiver razão de se preocupar comigo? E se eu ficar triste de novo? Você *se lembra*?

— Lembro.

— Eu não quero mais ver a Laila...

— O que aconteceu?

— Nada.

— Eu acho que hoje vai ser um dia muito bonito e importante pra você, sabia? Triste, é claro. Mas vai ser um dia importante.

— E depois?

— Depois a gente vê.

— E se não der pra ver?

— Vai dar.

— E se tiver alguma coisa errada comigo?

— Olha, Jasmim, tem uma porção de coisa errada com você. Comigo. Com a sua mãe. Com a Laila. Nenhuma de nós é perfeita.

Silêncio. Jasmim fitava a ponta dos pés.

— Entender o mundo é difícil — disse Cláudia. — Pros adultos também é, pode acreditar. Encontros e despedidas fazem parte da vida, mas novos encontros também fazem. Às vezes a vida acha um jeito de surpreender a gente...

— Eu acho que ela é simplesmente feliz, sabe?

— A Laila?

— É. Ela é alegre. Eu não sou. Eu tenho que *me esforçar* pra ser feliz. Por que que algumas pessoas são felizes e outras precisam fazer um esforço pra isso?

Cláudia fez uma anotação no bloco de papel.

— Eu vou te deixar pensando sobre isso, tá? A gente continua semana que vem.

Como sempre, a sessão terminava com uma pergunta de Jasmim. E com Margarida na sala de espera.

✳

Margarida desceu um instantinho para comprar pão de queijo, pão francês e três sonhos de doce de leite na padaria do senhor Luís. Laila vinha à tarde, então ela queria a mesa farta. O jantar seria pizza. Margarida já tinha hospedado Laila uma penca de vezes nos últimos dois anos. As meninas adoravam montar pizzas.

Ali pelo caixa, perto dos chicletes e chocolates habituais, tinha um monte de montinhos de papéis. Um deles dizia isto aqui:

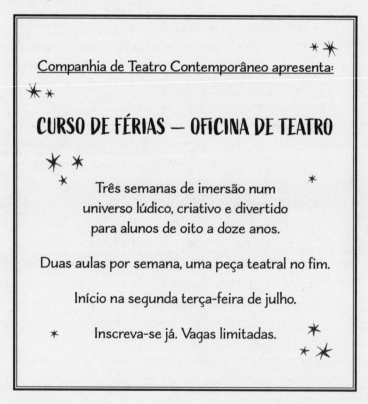

Companhia de Teatro Contemporâneo apresenta:

CURSO DE FÉRIAS — OFICINA DE TEATRO

Três semanas de imersão num universo lúdico, criativo e divertido para alunos de oito a doze anos.

Duas aulas por semana, uma peça teatral no fim.

Início na segunda terça-feira de julho.

Inscreva-se já. Vagas limitadas.

Margarida guardou o folheto na bolsa e voltou para casa.

✳

Laila, Jasmim e Margarida gostavam de café. Enquanto a mãe foi à padaria, Jasmim ficou de preparar um café fresquinho. Sentada na cozinha, esperando a água ferver, olhou para a cadeira em frente e dedilhou as cordas da memória...

A primeira vez que Jasmim tomou café

Onde: na cozinha da casa antiga.
Quando: há tanto tempo que parecia desde sempre.

Teve uma vez, num dia tão estranho que nem dá para dizer quando foi, que Jasmim acordou de repente e viu o sol mais pálido, mais nevado. Um azul embaçado brilhava na janela; o sol ainda não tinha bebido suas gotas de orvalho. Levantou-se e foi à cozinha. O pai, que sempre acordava cedo e passava o café para ele e para Margarida, já estava lá, enrolado num cobertor, com sua xícara.

— Você não tá com frio? — perguntou o pai, na voz forte e doce de sempre.

— Não.

Mas ele lhe entregou o cobertor mesmo assim.

— Você acordou tão cedo, filha.

— Perdi o sono...

O pai bebeu um gole e disse:

— Quer tomar café?

— Ah, depois eu como.

— Não. Café! — disse ele, espichando o queixo para a xícara. — Quer beber um pouco?

— Você nunca me deixou beber café! Nem a mamãe!

— Quer?

— Quero. É ruim?

— É, mas é bom.

O pai pegou uma xícara para a filha e despejou dois dedos de café ali.

— Experimenta puro. Devagar, que tá quente. É meio forte e amargo, mas quem sabe você gosta.

Jasmim definitivamente não gostou. O pai pegou o leite e entornou um fiozinho. Ela pareceu ter apreciado mais, mas faltava alguma coisa, dava para sentir. O pai apanhou o açucareiro e derramou uma colherinha.

— Gostei! — disse Jasmim.

— Talvez você possa tomar café aos sábados. Vou conversar com sua mãe.

Sim, era um sábado. Quatro anos atrás, mas parecia outra vida.

— Sabe, quando eu descobri que ia ter você, fiquei imaginando que tipo de relação a gente ia ter quando você crescesse. Crescesse mais do que agora. Crescesse mesmo. Quando você tivesse a minha idade. Fiquei pensando que a gente poderia ter um dia no mês, se a gente morasse na mesma cidade, pra tomar uma limonada, um chá, um café. Na rua, na minha casa ou na sua. Aí você me falaria de você, dos seus filhos...

— Se eu tiver filhos.

— Se você tiver filhos. E minha filha seria minha melhor amiga.

Pai e filha fizeram um brinde com suas xícaras, beberam tudo e sorriram.

— O mundo é bom — disse ele.

Foi a última lembrança completa e absolutamente feliz que teve do pai. Jasmim se lembrava de tudo com a claridade do sol branco daquela manhã. Foi a primeira vez que alguém lhe disse que ela ia crescer. Foi a primeira vez que imaginou o pai mais velho (e nem desconfiava que jamais teria a sorte de conhecê-lo). Foi a primeira vez que pensou que um dia não moraria mais com ele e com a mãe. Jasmim se sentiu próxima do pai de um jeito diferente, se sentiu mais velha. Naquela época, ela não tinha medo de mudanças.

O tempo passou e Jasmim descobriu que gostava de tomar café puro, dois dedos, sem leite nem açúcar — como o pai.

— Filha, cheguei! — disse Margarida, descalça, da porta da sala.

A água borbulhava. Jasmim desligou o fogo.

6.

— PAI, TÔ INDO! — gritou Laila, já na porta.
A manhã de sábado foi dedicada a encaixotar mais coisas. A casa estava irreconhecível. Os porta-retratos já tinham sido guardados, então a casa podia ser de qualquer família. Laila não via a hora de se livrar daquele lugar desconhecido por um dia; era um pouco como se as paredes já a tivessem esquecido. Só o jardim continuava igual; o balanço ainda estava lá.

— Cuidado na rua. Me liga e eu vou te buscar.
— Eu vou dormir lá, esqueceu? Volto amanhã de manhã.

— Tá bom. Já se despediu da sua mãe?

— Já. Tchau.

Manoel, como sempre, acompanhava a irmã até o portão e ficava lá de guarda até que Laila dobrasse a esquina. Antes de sumir de vista, ela dava meia-volta e se despedia do gato prestando continência. Era um hábito que tinha pegado do tio de que mais gostava, Flávio, um marinheiro mercante mais novo que seu pai.

Mais uma coisa de que ia sentir saudade: o caminho até a casa de Jasmim. E o que tinha por lá?

Uma loja chamada Vesúvio, que vendia guarda-chuvas e guarda-sóis. Parecia estar sempre a um triz de fechar as portas, mas sobrevivia ano após ano.

Duas padarias, a do senhor Luís e a da dona Luzia. Eles acordavam às quatro e meia da madrugada todo santo dia. Laila preferia a do senhor Luís, porque ele fazia sonhos de doce de leite; já a dona Luzia só fazia de creme, porque não gostava de doce de leite; dizia que seus dentes doíam de tanto açúcar.

Tinha uma praça rodeada de jacarandás onde uma pá de gente ia jogar xadrez, damas e gamão no fim da tarde. Aquelas pessoas estavam em paz, sabe? Não tinham essa confusão que a gente tem. Até o sorriso delas era sereno.

Tinha um sebo chamado Quitandinha dos Livros, o maior da cidade, com uma infinidade de livros infantis. Laila era superquerida lá; ela se sentia livre para se sentar numa poltrona e ler. Pensando bem, ela se sentia à vontade para se sentar em qualquer poltrona, de qualquer lugar, e ler.

Como Laila tinha tempo, entrou na loja. Seria também uma boa oportunidade para ela se despedir do dono, um velhinho chamado senhor Alberto.

— Então, quando é que eu vou perder minha freguesa preferida? — perguntou o livreiro.

— Segunda.

— Mas já?

— Pois é. O trabalho do papai já vai começar.

— Será que vai ter um sebo bom perto da sua casa?

— Não sei. Eu vou morar bem longe do centro.

— Tomara que sim. Você merece as melhores livrarias do mundo.

— Aqui a gente tem tempo pra ler, né? Acho que as pessoas lá da cidade grande não têm tempo.

— Mas você tem que criar esse tempo, Laila. Tem que empurrar um pedaço do dia com as mãos, fazendo força assim, ó — separou as mãos, fazendo um barulhããão com a garrrganta —, e reservar essa frestinha pra leitura, sabe?

— Hummm.

— Você tem que abrir janelas no seu dia pra continuar lendo. Entendeu?

— Entendi, sim.

— Achou bonito o que eu disse? — perguntou o senhor Alberto.

— Achei. Eu sempre acho!

Laila foi conferir as novidades. Gostou de cara de um livro antiguinho chamado *Duas ilhas*, sobre a amizade entre um menino e um vulcão. Ela amava fazer uma coisa quando era apresentada a um livro: abria numa página qualquer e, de olhos fechados, apontava para uma parte dela e então lia. Se gostasse do trecho, não tinha dúvidas: a história teria de ir para casa com ela. Foi o que aconteceu: *Apaixonar-se é como reconhecer um membro da sua família que você jamais encontrou.*

— Vou levar esse aqui.

— Me deixa ver o preço... — O senhor Alberto pegou o livro, abriu na primeira página, colheu uma caneta do balcão e desatou a escrever. — Parece que ele tá saindo a dois centavos. Aí a gente arredonda pra baixo e...

— Obrigada — disse Laila, sorrindo quando ele lhe entregou o livro. — Agora eu preciso ir.

— Vai ver a Jasmim?

— Vou.

— Obrigado pelo seu apoio. Nós, que gostamos de livros... se a gente não se ajudar...

Eles se despediram com um aperto de mão forte. (Um dos maiores orgulhos de Laila era o aperto superfortíssimo que o tio Flávio lhe ensinou.)

Laila ficava meio sem jeito de ler dedicatórias na frente da pessoa que escreveu. Assim que saiu da loja, abriu o livro:

Não esqueça as janelas.

Alberto

✶

O prédio de Jasmim já estava diante dela. Laila tocou o interfone; Margarida apertou um botão, e o portão abriu. Os passos na escadaria eram ouvidos na cozinha. A porta da sala já estava aberta. Laila, que conhecia bem as regras da casa, tirou os sapatos e já ia lavar as mãos (esta era a regra número três: lavar as mãos assim que se chegasse da rua).

— Coisa boa te ver! — disse Margarida.

— Oi! — disse Laila, e foi abraçá-la.

— Jasmim tá terminando de se arrumar.

— Vou lavar as mãos.

— Tá.

Era tão perfumado aquele banheiro; parecia que você tinha saído do banho assim que entrava lá. Laila então se lembrou de como soube da quarta regra da casa, uma que ela aprendeu aprontando.

Na primeira vez que dormiu na casa de Jasmim, ocorreu um pequeno acidente. No meio da noite, Laila foi ao banheiro. Usou papel higiênico e jogou tudo no vaso. Na hora da descarga, parte do papel desceu, mas não todo, e a água subia, subia quase até o topo.

Não sabia se acordava Jasmim e lhe contava que tinha entupido a única privada da casa. O que Margarida ia achar? Logo na primeira noite, ela já estava destruindo a casa! Eram quatro horas da manhã. Para a papelada boiando no vaso não parecer muito feia de dia, Laila foi tirando cada pedaço com a escova sanitária e jogando no lixo. Respirou fundo e deu descarga de novo; era a última chance. Ai, a água ainda subia até a boca! Resolveu escrever um bilhete e colocar em cima da tampa do vaso: ENTUPI, DESCULPA! ASSINADO: LAILA. Foi dormir pensando: *o pai da Jasmim tá no hospital e eu dou mais um problema pra elas?*

No dia seguinte, quando acordou, foi ao banheiro e a privada já estava como nova. Quando entrou na cozinha e viu Margarida, disse:

— Ontem eu...

— Acontece toda hora — disse Margarida, sorrindo. — Eu devia ter te falado que não se pode jogar papel na privada. Não esquenta a cabeça, já resolvi.

Laila se sentiu tão em paz que não disse mais nada, nem obrigada nem desculpa. Era gostosa aquela casa.

Na cozinha, enquanto esperava Jasmim, Laila pensou: *é o último dia, não precisa fingir que não é o último dia; é só não ficar muito triste.*

Antes de sair do quarto, Jasmim pensou: *é o último dia, mas tenta não pensar que é o último dia o tempo todo. E vê se não chora!*

— Oi — disse Jasmim, da porta da cozinha. *Como é que eu pude falar pra Cláudia que eu não queria mais ver a Laila? Que coisa mais horrível de dizer!*, pensou ela.

Laila a abraçou compriiiiido. Soltou.

— Oi — disse Laila.

— Vão lá pro quarto, meninas. Eu aviso quando a mesa estiver pronta.

Laila deixou no chão sua mochila e se sentou na cama de Jasmim. A colcha era um jardim. Uma das quatro paredes estava forrada com um papel de parede florido. Do lado de fora, embaixo da janela, havia uma jardineira com duas flores de nomes lindos: de um lado, brincos-de-princesa; do outro, glórias-da-manhã. E cactos dividiam espaço com os livros nas estantes.

Naquela casa, era capaz de alguém pedir um copo de leite à Margarida ou à Jasmim e receber um copo-de-leite, a planta. Ou achar uma flor de laranjeira boiando no suco de laranja.

— Sabe o que eu acho? — disse Laila.

— O quê?

— Que a gente pode pensar que hoje não é o último dia nem a despedida. Até porque eu só vou embora depois de amanhã.

— Tá bom. Então hoje não é a despedida.

— Isso! Um dia normal. Eu vim passar a noite aqui e pronto.

— Combinado.

— Mas *antes* eu quero te dar um presente.

— Você não fica trazendo presentes quando vem dormir aqui... — disse Jasmim, sorrindo curtinho.

— Tá bom. Então nós vamos ter uma despedida agora, tá? Mas vai ser bem rápida! Vou te entregar o presente, te falar algumas coisas, e você pode me falar umas coisas também. Se você quiser...

Laila tirou do bolso um pacotinho amarrotado. Pelo formato, Jasmim já sabia o que era.

— Eu tava pensando esses dias em pedir um de presente pra minha mãe...

— Abre logo e vê o que eu pedi pra minha mãe botar nele.

Uma flor de jasmim foi gravada no ex-líbris; embaixo dela, "A biblioteca-jardim da Jasmim". O carimbo vinha com uma almofada de tinta preta.

— Pros seus livros. Pra você. Pra minha amiga.

Jasmim arregalou bem os olhos; se piscasse, as lágrimas iam tombar pelas bochechas e o dia estaria perdido. *Não chora, não chora, engole esse choro agora.*

— Não tenho nada pra te dar. Eu queria te dar alguma coisa, mas não consegui pensar em nada — disse Jasmim, e cada uma dessas palavras era uma lágrima brotando.

— Ah, nem vem. Você me deu um poema lindo de morrer, esqueceu?

— Que bom que você gostou.

— *Pronto*. Agora, sim! Um dia normal.

— Peraí.

— Que foi?

— Preciso devolver suas coisas.

Jasmim lhe entregou o casaco e o livro.

— Ah, brigada. Por que você não testa o carimbo no livro?

— No seu?

— Isso! Um livro que agora é *nosso*. Um livro da biblioteca de Babel da Laila e da biblioteca-jardim da Jasmim.

E assim foi feito. Uma marca do lado da outra.

— Pensando bem, por que você não fica com ele? Eu já li — disse Laila. — Daqui a um tempo, quando eu voltar, eu pego de volta.

Daqui a um tempo, quando eu voltar. O rosto das meninas ficou meio nublado de repente, mas Laila teve uma ideia que trouxe o ☼ de volta: pegou *Duas ilhas* na mochila e Jasmim carimbou a folha de rosto, assim Laila também teria um livro das duas na biblioteca.

— Pronto, quer falar mais alguma coisa? — perguntou Laila.

— Não.

— Então tá. A partir de agora, um dia normal.

Da cozinha, Margarida bradou:

— Podem vir, meninas!

Quando viram a mesa do lanche, entenderam que não tinha nada de normal aquele dia. Era a mesa mais gostosa e caprichada do mundo. Não era um dia qualquer nem aqui nem na China.

7.

LAILA E JASMIM estavam deitadas na cama.

— Sabia que eu ando escrevendo poemas sobre meninos? — disse Jasmim, rindo. — Idiota, né?

— Sério? Não acho, não.

— Não são poemas sobre meninos, são poemas de amor. Às vezes eu escrevo sobre bichos apaixonados. Mas sou eu. Escrevi um sobre um pinguim apaixonado. Mas o pinguim sou eu.

— E você tá apaixonada por quem?

— Não sei! Não é engraçado?

— É! Deixa eu ver esse poema.

Jasmim se levantou e foi apanhar o caderninho violeta. Quando ficava feliz com um poema, passava-o para o caderno.

— O título é "Pinguim".

— Simples, bom e direto — disse Laila.

— Vou ler pra você. Lá vai:

> Pinguim sabe bem
> como é bom amar.
> Ele só quer se acasalar.
> Bater as asas de casa,
> dar asas ao lar.

— A-do-rei. Você é uma gênia! Que lindo isso de *dar asas ao lar*. É tipo *dar asas à imaginação*.

— Foi isso mesmo que eu pensei. Fiquei na dúvida se pinguim tinha asa, já que não voa. Descobri que tem. Aqueles bracinhos são asas.

— Acabei de pensar numa rima legal: *I love you* com *iglu*.

— Um pinguim dizendo *I love you* dentro de um *iglu*! É ótimo!

— E você pode chamar *pinguim* de *pinguinho*. Tipo, *o pinguim é um pinguinho no mar*. Gostou?

— Gostei. Meus poemas vão sentir saudade de você.

Já eram oito da noite. Margarida bateu à porta: hora de montar as pizzas. Quando as meninas chegaram à cozinha, encontraram tudo devidamente fatiado: queijo, calabresa, presunto, ovo cozido, tomate, cebola, azeitona preta (a preta é mais gostosa que a verde, na opinião das três). As pizzas entraram ligeiras no forno.

— Sabem o que eu pensei? — perguntou Margarida.

— O quê? — disseram as duas ao mesmo tempo.

— Que eu podia criar uma conta de e-mail pra cada uma. Aí daria pra vocês escreverem uma pra outra.

— Mas cartas são tão mais românticas! — disse Laila, suspirando de amor e soltando uma risada.

— Tá, mas... Eu só pensei que, se a Jasmim quisesse muito te escrever e precisasse da sua resposta... Sei lá, e-mail é mais rápido que carta.

— Tem o telefone! Ela pode me ligar quando quiser — disse Laila.

— Ai, a madrugada toda no telefone com você... Que lindo!

— Ai digo eu. A conta vai vir uma fábula, não quero nem ver — disse Margarida. — Olha só, vocês querem o e-mail ou não?

— Pode ser, mãe. Mas a gente não pode criar uma conta?

— Não, mas os pais podem.

— Então tá. Acho que e-mail é melhor mesmo, pra te mostrar meus poemas — disse Jasmim. — Não vai dar certo por telefone. Eu ia ter que te dizer quando foi que eu pulei linha pra escrever um verso novo, ia ser uma bagunça.

— Amanhã eu ligo pros seus pais e vejo se eles deixam, tá? — disse Margarida para Laila. — Então, eu até posso usar o nome e o sobrenome de vocês, mas que tal se em vez disso vocês inventassem uma coisa bacana?

— Hummm... — Jasmim fundia a cuca de tanto pensar.

— Peraí! Eu escolho o seu e você escolhe o meu — sugeriu Laila.

— Ai. Tá bom.

— Pra você... *poetadanoite*, tudo junto — disse Laila, mole de tanto rir.

— Pra você, deixa eu ver... Já sei: *testapartida*, tudo junto — disse Jasmim, gargalhando de dobrar a barriga. — Não! Com um ponto entre as palavras, porque você levou uns pontos na testa.

— Você ainda se lembra disso?! Ó — Laila apontou para a testa —, não tem cicatriz nem nada.

— Me lembro até hoje daquele sangue todo e você nem aí, achando que limpar com papel molhado no banheiro ia resolver.

— Nossa. Eu era doida mesmo.

— Era. Doida de pedra.

— Se acontecesse hoje, eu ia chamar uma ambulância pra mim.

— Eu ia pedir uma pra você, não se preocupa.

As pizzas ficaram prontas: salpicaram manjericão, regaram com azeite, lamberam os beiços e mandaram ver. Entornando suco de uva, as meninas limparam o prato e ainda tiveram o desplante de dizer que estavam com fome. Que esganadas! Margarida resolveu ferver umas salsichas para fazer cachorro-quente.

— Às vezes eu não acredito no apetite de vocês duas, viu?

— A gente tá em fase de crescimento, Margarida!

Jasmim adorava a amiga chamando sua mãe pelo nome, em vez de *tia*. Jasmim só conseguia dizer *tia* Nora e *tio* João, e Laila caçoava um bocado dela.

— Querem ir lá pra dentro? Eu chamo quando tudo estiver pronto.

— Depois do cachorro-quente, que tal um hambúrguer? — perguntou Laila. — Um burgão daqueles, sabe?

— Mas eu não tenho pão de hambúrguer aqui! — respondeu Margarida.

— Pode ser no pão de forma mesmo — disse Jasmim. — A gente não repara!

Foram correndo para o quarto, rachando o bico.

— Jasmim...

— Oi.

— Por que que você saiu tão rápido da escola ontem?

— Ah, você tava ocupada com o pessoal. Quis te deixar com eles.

— Poxa, mas nem pra me dar tchau? A gente sempre anda junta até metade do caminho...

— Acho que eu tava meio triste... — disse Jasmim, a voz quase enguiçando.

— Tá. Não tem problema.

— Laila...

— Fala.

— Você tá feliz de ir embora?

— Tanto faz se eu tô feliz ou não. O que que uma criança pode fazer? Os pais vão e você vai junto. Minha opinião não importa.

— Essa é a primeira vez que você diz *criança* pra falar de você. Você sempre fala *pessoa*, que você é uma pessoa.

— Acho que hoje eu sou uma pessoinha. Nossos pais mexem na nossa vida, né? Sacodem ela toda.

— É. Foi bem ruim minha mudança pra cá. Pra começar, aquele ano foi horrível. Você *sabe*.

— *Sei*.

— A gente se mudou pra cá pra ficar mais perto da família do meu pai, por causa dele. E eu era convidada pra todos os aniversários do pessoal da nossa sala, mas não fui a nenhum.

— Foi no meu.

— É, foi o primeiro. A sorte é que você faz aniversário mais pro fim do ano — disse Jasmim, sorrindo fraquinho. — E só sei que eu aparecia do nada com uma febrona logo antes das festas. E era febre mesmo, com termômetro e tudo. E a febre só passava de manhã.

— Eu lembro que você não ia pra nada mesmo. Eu que te puxei pelo braço e te arrastei pras coisas.

— Foi.

— E agora? Não vou estar mais aqui pra te puxar pelo braço e te arrastar junto...

— Vai, sim. Você vai embora, mas fica um pouco. Aprendi umas coisas contigo nesse tempo todo.

— Você sabe que a nossa turma é legal. Eles gostam de você. A gente tem muita sorte, sabia? Não tem nenhum menino horrível e nojento, não tem nenhuma menina metida e mimada. Você não sabe como isso é raro! As crianças são *terríveis* hoje em dia... — disse Laila, rindo.

— E você não se preocupa com a sua nova escola?

— Vou deixar pra me preocupar no último domingo de férias.

Foi uma resposta lailíssima. Jasmim se abriu toda numa risada. Era a Laila de sempre.

— Vê se não começa a dizer não pra todo mundo, viu? — disse Laila.

— Vi.

— Quero só ver.

— Pode deixar, vou dizer uns sins.

— Olha lá. Eu vou ligar pra cá pra falar com a sua mãe e vou fazer umas perguntas pra ela. A gente vai ficar de olho em você.

— Podem vir, meninas! — gritou Margarida, do corredor.

Cada uma mandou brasa num cachorro-quente com milho, ervilha, ketchup, batata-palha e o escambau. Comeram em silêncio. A energia na cozinha baixou de repente. As duas meio cabisbaixas, pensando em como a noite estava acabando tão, tão depressa.

Margarida, a salvadora da pátria montada num cavalo branco, pegou do armário duas cumbucas e lá despejou jujubas. Jasmim passou todas as verdes para a cumbuca de Laila (era sua preferida, para a sorte das outras pessoas) e Laila passou quase todas as amarelas para a cumbuca de Jasmim. Duas jujubas quicaram na borda e se esborracharam no chão. Laila nem ligou: catou e comeu mesmo assim. Por que não? Aquela casa era um brinco.

✳

Quando voltaram para o quarto, já era *bem* de noite. Nessas quase madrugadas, Laila gostava de falar do sobrenatural. Jasmim ouvia suas histórias com os olhos arregalados assim! Surpresas povoam o coração de tudo que é coisa, e mesmo uma vida sensata, pacata, pode esconder fantasmas. Laila sempre torcia para encontrar o sombreado de muitas e muitas assombrações no que quer que visse.

Laila ia se mudar para uma casa branca à beira-mar, numa praia ainda um pouco selvagem, longe do centro da cidade. A praia era delimitada por duas montanhas: começava na Pedra Verde e terminava na Pedra Azul. As ruas do bairro eram de paralelepípedos e tinham nome de flor; tinha a rua das Magnólias, a rua das Camélias e a das Margaridas também. E mesmo a rua da praia, a avenida Ramalhete, era uma ruela de araque, estreitinha, apesar do nome pomposo. Sua casa era a última da rua, colada à Pedra Azul.

Laila já imaginava o pendor daquela praia para coisas misteriosas. *Podia senti-la, como se ela estivesse não apenas diante de seus olhos, mas também dentro de si própria. Podia sentir uma mulher com um vestido longo, todo branco, e o cabelo prateado, perambulando pela praia, perguntando a todos que passavam:*

— Você viu minha filha? Minha filha entrou no mar há tantos anos e nunca mais voltou pra areia.

As pessoas diziam que não, não tinham visto sua filha. Mas a mulher prosseguia:

— Três salva-vidas entraram no mar, mas ela foi levada pela correnteza. Duas lanchas da Marinha procuraram ela por algumas semanas, mas não encontraram.

As pessoas iam embora, sentindo pena da mulher. Mas ela nem notava quem ia e quem vinha. E continuava dizendo ao léu:

— Hoje ela completaria trinta anos.

Falava isso todo dia. Todo dia era aniversário da filha.

Conta-se que ela morava numa gruta apinhada de morcegos. Pescava com as mãos, comia mariscos, apanhava cocos. E, nas noites de lua cheia, zarpava numa canoa, só parando de remar quando alcançasse o alto-mar. Lá, o abismo azul se acalmava e a mulher podia sussurrar o nome da filha em paz.

Então, teve uma noite com rajadas tempestuosas; raios e trovões cortavam o ar como facas de circo. A luz do bairro acabou, tudo estava um breu. Naquele momento, uma voz mítica, tão longínqua e imponente, se levantou do mar e começou a citar vários nomes. Eram as pessoas que haviam se afogado naquela praia desde que o mundo era mundo. O mar se lembrava de cada uma delas. Depois de uma infinidade de tempo, em que as marés se sucederam com voracidade, o mar vociferou o nome da filha da mulher.

Naquele instante, a tempestade cessou e a luz retornou às casas. A mulher nunca mais foi vista, mas dizem que pairou tal qual um lençol esvoaçante acima de duas meninas dormindo como dormideiras, numa colcha de flores, abraçadas.

8.

MANHÃ DE DOMINGO, as três tomavam café. Como sempre, Margarida e seu leite com café clarinho e doce de tudo (um dedo de café para seis de leite, duas colheres de açúcar), Laila e seu café com leite (meio a meio, uma colher de açúcar) e Jasmim e seus dois dedos de café, sem açúcar nem leite.

— Fui lá no quarto dar boa-noite e vi as duas capotadas em cima da colcha. Aí eu apaguei a luz e cobri vocês.

— Você é legal, Margarida. Não acorda a gente pra escovar os dentes nem nada.

Margarida deu à Laila um papelzinho com o endereço de e-mail (testa.partida@email.com) e a senha (testapartida), para ela mudar depois. Comeram banana amassada com aveia e torrada com geleia de caqui. Não sobrou uma migalha para contar a história.

— Você vai lá em casa dizer tchau pra mim amanhã, né? — perguntou Laila.

— Vou — respondeu Jasmim.

— Beleza. Então hoje não tem *aquele* tchau! Vou embora como fui das outras vezes, só dando um tchauzinho rápido.

— Ô Laila, se você quiser dormir aqui hoje, a casa é sua, tá? — disse Margarida.

— Brigada. Vou ver com meus pais.

Laila pegou suas coisas e voltou para casa. Aproveitou para se despedir de novo do sebo, da praça dos jacarandás, das duas padarias e da loja de guarda-chuvas — dos seus caminhos.

Assim que cruzou o portão, o irmão veio para perto dela e depois correu até a árvore favorita dos dois: o balanço não estava mais lá. Manoel miava, indignado, porque aquele não era mais o jardim de sempre, e os gatos amam as coisas eternas. Eles *realmente* estavam indo embora.

✳

Você já se mudou de casa ou de cidade? Cá entre nós, é muita amolação! Mas seria o fim da picada aconselhar você a nunca se mudar, já que essas coisas acontecem a torto e a direito. Além do mais, preciso dar apoio à Laila, que naquele momento estava deitada no chão, de olhos fechados, querendo ser engolida e devolvida apenas ao piso da casa nova.

Ah, se o mundo fosse fácil assim! E não é que às vezes ele é?

Laila foi engolida pelo chão da casa onde morava, uma casa de caos e caixas, e foi devolvida ao piso de cerâmica do alpendre da nova casa, vazia e vasta.

Rastejou feito um caranguejo até uma poça de lama no jardim. Era bem profunda; ficou só com a cabeça de fora. Ao redor, um manguezal só dela. Nisto, um pinguim entrou pelo portão branco da casa e lhe disse:

— Oi, tudo joia? Eu sou um pinguim escritor.

— Você escreve livros? — perguntou Laila, coberta de lama.

— Quando uma história dá dois passos na minha direção e diz me escreve, eu vou até ela e escrevo.

— Como que você faz pra escrever?

— Eu dou asas à imaginação. Você mesma disse isso quando sua amiga Jasmim leu aquele poema, não lembra?

— O poema do pinguim apaixonado, é verdade.

— Você até chamou pinguim de pinguinho. Pra te ser franco, fiquei meio triste contigo...

— Desculpa. É que são palavras parecidas, foi por isso.

Laila examinou o pinguim. Era tão liso que dava vontade de deslizar por ele como se fosse um toboágua. E tinha um bico abóbora que era uma boniteza.

— Quando eu começo a escrever uma história nova, deixo a minha vida de pinguim um pouco de lado. Eu me afasto um tanto da colônia, apanho menos peixes, fico sossegado no meu canto. Eu preciso ficar mais perto das minhas personagens.

— Então eu sou uma personagem sua?

— Você fica chateada? Pode falar a verdade.

— Claro que não! Você bem que podia me vestir com asas no seu livro...

— As minhas asas me ajudam a nadar. Elas não fazem ninguém voar.

— Mas e as asas que estão aí, ó? — disse Laila, apontando para a cabeça do pinguim. — As da imaginação!

O pinguim refletiu em silêncio sobre o mundaréu de asas que ele, por ser escritor, tinha. Que sorte a dele!

— Só me tira uma dúvida: tem uma história onde aqui? — perguntou Laila.

— Aí!

— Aqui nessa poça?

— Aí em você! Vim aqui tentar te entender, pra te deixar de verdade na minha história.

— Que que você vai escrever sobre mim?

— Não sei, quero saber e tenho inveja de quem sabe.

Alguns minutos se passaram; o pinguim olhava em direção à praia e ao céu, absorto, agoniado.

— Eu vim aqui pra te entender, mas não consigo. Desde que eu cheguei, a maré tá subindo, subindo sem parar, e já começou a invadir o jardim. E olha a lua pendurada lá em cima! Ela surgiu assim que você apareceu. De dia...

— Você tá me assustando — disse Laila, tremendo feito vara verde.

— Você tem alguma coisa com o mar e com a lua.

— Eu não tenho nada com o mar e com a lua!

— Você tá mudando. Como é que eu vou escrever sobre alguém que tá mudando? Quando o livro ficar pronto, você já vai ser outra pessoa.

— Laila, que que você tá fazendo estatelada aí no chão? — perguntou Nora. — O pessoal da mudança vai te atropelar. Dá uma mão lá pro seu pai.

✳

— Você tá ardendo, filha — disse Margarida, conferindo o termômetro. — Quase 39! E ainda por cima vomitou mais cedo e só me contou depois. Se essa febre não baixar, você vai pro hospital.

— De jeito nenhum que eu vou pro hospital.

— Vou ligar pros pais da Laila e dizer que é melhor ela não vir pra cá hoje.

— Mas, mãe, nem deve dar pra dormir na casa dela direito!

— Filha, a Nora e o João não vão deixar a Laila vir aqui com você doente.

— E como que eu vou me despedir dela? A gente não se despediu *de verdade*...

— Amanhã, antes de eles irem. Se você estiver bem.

— Não conta pra eles que eu tô com febre. Diz só que eu não tô me sentindo bem, que eu devo ter comido demais ontem à noite. Não fala nada da febre.

— Tá. Não vou falar.

A casa estava um fuzuê; o furdunço da mudança deixou todo mundo doidinho. Laila botou as mãos na massa: saiu distribuindo água, saiu para buscar quentinhas na padaria da dona Luzia, carregou as caixas bem leves e acompanhou com zelo as que continham seus livros. Estavam etiquetadas com mais adesivos que diziam FRÁGIL do que as caixas com porcelanas e cristais.

— Muito cuidado agora! Meus livros estão aí! — disse Laila para a equipe de mudança, e teve vontade de carregá-los como um caracol carrega sua casa.

Quando o caminhão estava saindo — e a casa, vazia que nem um tambor, se despedia de suas lembranças e de sua mobília —, um pensamento medonho martelou na cabeça de Laila. E se o caminhão de mudança fosse assaltado ou sequestrado no meio do caminho? Ou caísse numa ribanceira?

Ou pegasse fogo? Ela perderia seus livros. A mãe perderia suas telas. O pai perderia sua coleção de selos. E as fotografias, os cacarecos e as bugigangas da família! Isso sem falar do motorista, tadinho, que talvez perdesse a vida.

Já imaginou perder tudo? Começar do zero?

Mas a danada da Laila era uma menina que não se distraía com bobeira. Quando a cabeça se enchia de caraminholas e ela perdia seu tempo pensando em coisas ruins, bastava escolher outro pensamento do seu carrossel de ideias e passá-lo para a frente. O pensamento da vez era imaginar seus livros, as telas da mãe e os selos do pai acomodados na casa nova como se tivessem nascido nela.

No fundo, Laila sabia que nada de errado aconteceria a coisas tão preciosas. Aliás, você sabia que na coleção de selos do João há vários do Manoel? Quando era mais nova, ela ia aos Correios com o pai e encomendava selos a partir de uma fotografia bem bonita do irmão (todas as fotos do gato eram bonitas porque ele era gatíssimo). Uma folha inteira de selinhos com o rosto do Manoel ficava pronta dali a alguns dias. Laila adorava colá-los nos cartões de Natal que enviava aos amigos e parentes. E foi pensando nos selos do Manoelzinho que Laila esqueceu tudo aquilo.

No início da noite, Manoel veio chamar a irmã. Ele ficava de um jeito especial quando cismava de lhe mostrar algo, as orelhas para a frente, a cauda levantada. Ela foi atrás para ver o que era.

Pois era uma carta. No envelope estava escrito *Para Laila*.

— Manoel, alguém me mandou uma carta. Ainda há cavalheiros no mundo. Ou damas.

Abriu. Dizia o seguinte:

> *Vou sentir sua falta.*
> *Se você voltar nessas férias,*
> *vamos fazer alguma coisa?*
> *Assinado: Arthur (da sua sala)*

No recreio de sexta — a ficha caiu naquele instante: foi *o último de todos* naquela escola —, ela o venceu num duelo final de arremessos livres. Laila fez oito cestas de dez; Arthur, sete. Será que ele a deixou ganhar? Não, Arthur não faria isso. Ele não era desonesto.

Tantos anos dividindo a sala de aula e a quadra de basquete com ele! Ainda segurando a carta, Laila se lembrou de...

... quando foi pedida em namoro pela primeira
(e, por enquanto, única) vez

Onde: pátio da escola.
Quando: há dois anos, numa sexta-feira
(coisas assim acontecem às sextas).

Laila, alta e magrela, era a estrela do basquete da turma. Arthur, esguio como ela, era a outra estrela. No recreio, ele pediu para conversar com ela. Arthur estava tão compenetrado, mas aquele era seu jeitinho mesmo.

— Você tem namorado? — perguntou ele.

— Não.

— Você já namorou?

— Também não.

Depois de tomar coragem, Arthur pediu Laila em namoro. Disse que gostava dela porque era uma atleta e tinha certeza de que ela ainda ia ganhar uma medalha de ouro nas Olimpíadas. Laila disse que ia ver com os pais.

Todo domingo, depois do jantar, a família de Laila assistia a um filme. Antes da sessão, ela contou aos pais que foi pedida em namoro. João fez cara de tacho, Nora sorriu. Disseram que ela era muito nova e o máximo que podia fazer era ser amiga dele. Nada de beijos e andar de mãos dadas.

— Mas eu nunca beijaria ele — afirmou Laila. — Ele tem pelinhos em cima da boca.

— Ótimo — disse Nora, quase deixando escapar uma risada marota. — Nada de beijos.

— Por que a gente não começa logo esse filme? — perguntou João.

No recreio de segunda-feira, Laila e Arthur conversaram. Arthur disse que pensou melhor no fim de semana e também achava que não era uma boa ideia.

A primeira razão era que ninguém da sala namorava, então ia ser estranho à beça; as pessoas iam apontar na direção deles e dizer: olha os namorados, os pombinhos apaixonados!, e iam fazer aqueles barulhos estalados de beijo, rolando de rir dos dois. A segunda razão era que Laila e Arthur eram atletas, e esse namoro poderia desconcentrá-los na hora dos jogos. E havia uma terceira razão: eca, beijos são meio nojentos. Então era melhor serem só colegas de sala mesmo.

— Me diz uma coisa — disse Arthur. — Você sabe mesmo o que é namorar?
— Não. E você? — perguntou Laila.
— Também não.
O sinal tocou e eles jamais falaram disso novamente.

Aquele inverno na serra parecia primaveril, então João, Nora, Laila e Manoel decidiram acampar no jardim. Era a última noite deles na casa. A mudança tinha levado tudo, menos a barraca, três colchonetes, travesseiros, uma mala com roupas, e as coisas de banheiro e de cozinha.

Além disso, tinham ficado para trás uma tela, pincéis e tinta, caso Nora se inspirasse. E ela estava inspirada. Aquela noite não seria a última chance que a família tinha de desvendar os segredos da casa — até porque os lugares se inscrevem no coração das pessoas e seguem vivendo dentro delas. Havia felicidade por causa daquela casa, mas haveria felicidade depois daquela casa.

Enquanto Nora pintava mais um quadro daquela série de grandes paisagens em preto e branco com objetos bem pequenos e coloridos, pai e filha conversavam nos degraus que uniam o jardim e a casa. Os postes da rua estavam coalhados de mariposas e outros bichinhos de luz.

— Os insetos que voam à noite se orientam pela claridade da lua — contou o pai. — Eles se guiam por ela quando vão buscar comida, usam o luar pra saber como voltar pra casa. Mas a lua, apesar de cheia, como agora, tá longe demais, e qualquer luz que aparece na frente deles os deixa baratinados. As nossas luzes enganam os bichinhos. Elas estão mais próximas deles e brilham mais que a lua. Aí eles ficam rodeando a lâmpada acesa, confusos e perdidos.

— Coitados — disse Laila. — Eles só querem voltar pra casa.

— Não é incrível pensar que essa mesma lua eleva as marés e deixa o mar mais perto da nossa nova casa?

— É, pai. A lua tá brilhando tão forte que parece que é só pra mim.

— Mas é só pra você mesmo, pirralhinha.

Os três pediram uma pizza por telefone. Laila estava um pouco enjoada e só comeu uma fatia. Manoel, empertigado como um príncipe, comeu ração com carne de avestruz (era sua favorita). Contaram histórias uns para os outros e dormiram com o eco delas.

9.

— MÃE, EU *QUERO* IR! Bota a mão na minha testa, tá normal — disse Jasmim.

— Eu sei que você *quer* ir. Mas será que você *tá bem* pra ir?
— Tô. Eu dormi bem, tô ótima. Se você quiser ir também, vai, mas eu vou e não vou deixar de ir e ponto final!
— Mas...
— Nem mas, nem meio mas!

Tirou o pijama e colocou a primeira roupa que viu pela frente: um short preto e uma blusa abóbora. *Maravilha, vou vestida de dia das bruxas*, pensou ela.

Passou sebo nas canelas e saiu de casa que nem um vendaval. Tinha hora, nem deu para forrar o estômago, a barriga foi roncando mesmo. Ligou para o celular do pai de Laila dez minutos antes e ele disse que iam botar o pé na estrada em pouquíssimo tempo. Jasmim precisava do último tchau. Estava um cadinho desnorteada, então foi só no meio do caminho que notou que a mãe vinha correndo atrás, toda esbaforida.

Portão da casa, da *antiga* casa, de Laila. Segunda-feira bem cedinho. Eram férias, não tinha escola. Mas aquela manhã era mais triste que as manhãs dos primeiros dias de aula. É claro que sempre se podia contar com promessas e apelos de última hora:

— Sem chorar, hein? Olha lá! — disse Laila.

— Sem chorar! — disse Jasmim.

— Não é só porque agora é a despedida de verdade, a última-última, que a gente vai chorar.

— Sem chorar!

Mas, quando os olhos de uma se prenderam aos olhos da outra, não havia mais chão sob seus pés.

— Eu quero chorar, tá? — disse Jasmim.

— Você *já tá* chorando, sua boba. Olha essa lagrimona escorrendo! — exclamou Laila, com outra lagrimona escorrendo.

Laila e Jasmim, abraçadas, soluçaram de dar dó. Afrouxaram o abraço.

— Agora chega de lágrimas — disse Laila, e então tirou o irmão da caixa de transporte e deixou Jasmim segurá-lo um pouco.

— Manoel, já tô morrendo de saudade de você! — E, fitando a amiga, completou: — Sou apaixonada pelo seu irmão, sabia?

— Ele é gatíssimo! Pena que tem sessenta anos em idade humana.

— Não importa. Continuo apaixonada.

Manoel se sacudiu dos braços de Jasmim e entrou no carro e na caixa por vontade própria.

— Vou tentar voltar até o fim das férias.

— Passa um fim de semana lá em casa. Meu quarto é seu. Eu te dou minha cama.

Laila ia entrando no carro, mas, antes, segurou a mão de Jasmim.

— Me escreve uns e-mails, me manda uns poemas. — Chegou mais perto e cochichou em seu ouvido: — Continua com esses de amor, tá? Não joga nada fora, eu volto pra te ajudar.

— Eu sei — disse Jasmim, ao pé do ouvido da amiga. — Não se esquece de mim.

Laila apertou a mão de Jasmim; forte, muito forte.

— Nunca.

Enquanto Laila entrava no carro e colocava o cinto, Jasmim se despediu da *tia* Nora e do *tio* João. Aproveitou para agradecer o ex-líbris.

— Então tá — disse Laila, abrindo o vidro.

— Boa sorte lá procurando escola. Boa sorte nas coisas que você for fazer na vida.

— Eu te amo, viu?

— Eu também — respondeu Jasmim, enfeitando o rosto com um sorriso pra lá de feliz.

— A gente se vê por aí.

O carro arrancou e dobrou a esquina.

— TCHAU! — esgoelaram as duas por dentro.

Quando Jasmim deu por si, sentiu uma mão pousada no ombro. Era sua mãe. Jasmim tinha até esquecido que ela estava lá e viu tudo aquilo. Na certa, a mãe ia perguntar como ela estava se sentindo e conferir a temperatura da sua testa um milhão de vezes naquele dia.

A viagem começou tranquila, sem trânsito. O carro serpenteava pela serra, aquele cheiro fresco de mato tocado pelo orvalho da manhã. Laila pegou o irmão e ficou com ele no colo, sem largar. Manoel desconfiava que a irmã precisava muito dele, então aguentou firme e forte todo aquele afago, sem dar um miado sequer. Jasmim tem toda razão: o Manoel é apaixonante mesmo.

Duas horas depois, estavam às portas da nova cidade. A julgar pelo que viam, era impossível imaginar que existia uma praia atrás da outra bem perto dali. A própria cidade dava as costas ao mar. Eram muitas casas e vários prédios e tanta gente! Prosseguiram. As ruas começaram a ficar mais apertadas, mas, como havia menos carros, pareciam mais largas. Algumas eram de terra batida, outras tinham o asfalto esburacado. Viram bois pastando e homens em cavalos às margens do caminho.

— Estamos chegando. Vocês vão amar a casa — disse João, que fez uma visita antes de alugá-la.

Então, Nora colocou para tocar uma música que combinava com tudo aquilo. João e Nora cantavam juntos. Era uma de suas canções favoritas.

O sol anoitece na cidade de onde viemos
Por isso partimos sem demora
A lua amanhece aonde vamos, lá onde seremos
Fomos feitos para o mundo que nasce agora

Enquanto isso, Laila apertava o Manoel. Sentia uma gastura no estômago e as pernas meio bambas. Devia ser o coração, doído de tudo.

✳

— Como você tá? — perguntou Margarida, assim que a filha terminou o café.

Jasmim já estava careca de ouvir aquilo. A mãe variava as perguntas, acreditando piamente que, assim, passariam despercebidas. Era a terceira do dia. As duas primeiras foram *tudo certinho?* e *tudo em riba?*. Vira e mexe tentava fazer graça e dizia *que couve, flor?*. Na certa, a próxima pergunta seria essa da couve-flor.

— Como *você* tá, mãe?

Margarida não entendeu bulhufas.

— Às vezes eu faço uma pergunta pra Cláudia e ela, em vez de me responder, me devolve a pergunta — disse Jasmim.

— Ah.

— Quê?

— Pois saiba que eu tô triste. Gostava muito da sua amiga.

— Mãe! Ela tá viva.

— *Gosto* muito da sua amiga.

— Eu também tô triste. Mas não fica perguntando se eu tô bem toda hora, tá?

— Tá.

— A Laila vem no fim do mês, você vai ver. Ela disse. Ela vem. Ela é boa com essas coisas de dizer e fazer.

— Ela é mesmo — disse Margarida.

Uma cidade aberta aos rugidos do mar. O sol e o sonho, o sal e o som do mar. Brisa azul, casa branca. Laila amou a casa assim que grudou os olhos nela. O jardim era de um verde que você nem acredita! E, bem naquele momento, o verde do novo jardim empurrou um pouquinho o verde do jardim antigo para fora do coração da menina.

— O Manoel me contou que só a Cidade do Cabo é mais linda que essa — afirmou Laila.

— Mas ele nasceu lá, então é suspeito pra falar — disse Nora.

— Mãe, que absurdo é esse? O Manoel *sempre* tem razão.

— Não sei vocês, mas *eu* já tô satisfeito de morar na segunda cidade mais bonita do mundo — disse João.

Laila conseguia ver o mar da janela do seu quarto, no segundo piso. As árvores do jardim, a faixa de areia, o mar e o céu, em camadas, como se formassem uma sobremesa perfeita. E bastava atravessar uma ruazinha e pimba: você estava na praia, com aquele marzão inteiro e absoluto. Era como morar numa casa de férias pelos doze meses do ano!

Era, de fato, uma praia afastada da cidade. E não pense que João e Nora iam gastar uma baba alugando a casa: o aluguel era uma pechincha, uma mixaria! Pouca gente queria morar por aquelas bandas. É longe de tudo, diziam os tontos. Longe de supermercados, farmácias, bancas de jornal, papelarias, restaurantes. É distante do centro, distante de *amenidades e conveniências*. Conversinha fiada! Puro nhenhenhém! Uma casa linda daquelas, fincada na praia, alta e leal como um farol.

Laila estava decididíssima: seria feliz ali a qualquer custo. E sentia que não precisaria fazer grande esforço.

Teve vontade de pegar o irmão e um livro e escarafunchar no jardim uma árvore em cujo tronco suas costas se encaixassem perfeitamente. E com um galho forte para o balanço!

Mas o caminhão de mudança chegaria já, já, e ela precisava ajudar. Só daria tempo de tomar um banho ligeiro. Quem sabe se sentisse mais disposta depois do banho...

Abriu a mala e pegou a toalha e o estojo com as coisas de banheiro. Que bonito aquele banheiro todo azulejado e azul! Abriu o chuveiro. Maravilha, tinha água quente (Laila só tomava banhos mornos). Como sempre, usou o vaso antes. E o que aconteceu depois foi muito pior do que entupir a privada da casa de Jasmim na primeira vez que dormiu lá.

Uma mancha de sangue na calcinha. Laila sabia exatamente o que aquilo significava. Sabia que uma hora ia acontecer, mas veio cedo demais. Com a mãe, foi aos doze, ela mesma disse. Com a Luísa, sua prima, foi beirando os treze. Podia ter custado mais um pouco para vir e ter deixado ela ser a Laila *de sempre*. Mas não. Veio no dia da casa nova. No dia da mudança. No dia do mar. Como pode uma coisa dessas? Justo hoje, isso?

O caminhão de mudança chegou, mas ela já tinha até se esquecido das caixas com seus livros... Estava uma coisa o peito de Laila. Um frio, uma vergonha roxa. Estava apertado e duro. E batia forte que só vendo.

Margarida bateu à porta do quarto de Jasmim. Estava batendo mais do que de costume, o que era ótimo.

— Oi — disse a menina.

A mãe colocou só a cabeça para dentro do quarto. Sorriu de levinho.

— Oi. Eu só queria te dizer que...

— Mãe, tá tudo bem. Não se preocupa.

— Eu só queria te dizer que eu te inscrevi num curso de teatro.

— Ahn?

— Começa amanhã às dez. Te acordo às nove. Vê se não dorme tarde, viu?

Margarida fechou a porta mais que depressa. Jasmim resolveu não ir atrás dela e perguntar *quê* e *por quê*. Já era um alívio a mãe ter mudado de assunto. *Um curso de teatro, hummm...*

✳

— Mãe — chamou Laila, baixinho de tudo, da porta do quarto dos pais.

A porta rangia, então ela só abriu uma frestinha. O piso era de taco e também fazia um crec-crec tenebroso. Nora não respondeu, tampouco João. Era a primeira noite na casa; ainda havia um punhado de caixas fechadas por ali.

— Mãe — disse um pouco mais alto.

Manoel roçou de mansinho no calcanhar da irmã, mas não miou (Manoel não mia de madrugada; é um gato que preza o sono alheio). Laila achou impressionante como ele se adaptou a casa logo no primeiro dia. O irmão remoçou, parecia um filhotinho de novo. Manoel, que nasceu numa cidade à beira-mar, enfim voltou para perto do litoral.

Laila queria se abrir com o irmão, mas ele nem tchum pra ela; estava mais interessado em caçar calangos no novo jardim. Laila sabia que precisava contar o mais rápido possível para a mãe, porque *não tinha absorvente*, não tinha farmácia perto, nenhuma amiga, nada. Naquela tarde, tinha surrupiado um da mãe. Vinha com instruções, ufa! Uma sorte no meio de todo aquele azar.

Laila bem que tentou contar, mas não teve como! Aquele entra e sai, todo o vaivém, o tira-daqui-bota-ali; não dá para contar algo assim num dia de mudança. À noite, pediram uma pizza e botaram alguma ordem no mafuá: montaram as camas e vestiram as janelas com cortinas improvisadas. Laila não achou o momento certo. Isso porque, para ela, aquilo tinha acontecido no momento errado.

— Mã-ãe — chamou ela, alto o suficiente para a mãe, baixo o bastante para o pai.

Nora despertou. João ainda roncava.

— Filha, que foi?

— Eu não consigo dormir.

— Que houve? Um pesadelo?

— Não sei. Posso dormir aí?

— Mas por quê? É a casa?

— Vamos lá pro meu quarto pra não acordar o papai — sussurrou Laila e saiu.

A mãe foi atrás, bocejando seu maior bocejo. O quarto de Laila estava na penumbra, indeciso entre a noite e o dia. Suas roupas já estavam no armário. O pai o havia limpado mais cedo com um pano úmido e um pouco de vinagre — notou que o verniz estava tinindo, e nem sinal de cupim. As caixas com os livros estavam abertas; eles precisavam respirar enquanto as prateleiras não eram montadas.

— Quer que eu me deite um pouco com você? — perguntou Nora num fiapinho de voz.

— Quero.

Mãe e filha dividiram cama e travesseiro.

— Quer que eu te conte uma história?

— De um livro?

— Da minha cabeça. Posso ir falando, falando, e quando eu parar de falar e pegar no sono você me cutuca e eu continuo.

— Não precisa, mãe.

— Que que houve, então?

— Nada.

— Filha, ouve só o barulho do mar. Aproveita que tá recente, porque daqui a pouco ele vai entrar de vez nos seus ouvidos e nunca mais vai sair. E você não vai conseguir escutar ele bem como agora... Com essa *surpresa* toda!

O ponteiro maior do relógio deu três voltas em torno de mãe e filha.

— Mãe...

Nora não respondeu.

— Mãe, eu fiquei menstruada hoje cedo.

A mãe tinha adormecido. Laila se levantou e desceu a escada pé ante pé. Manoel dormia no sofá; mexia as patinhas e tremia de leve, estava sonhando. Ela abriu a porta da sala. Era incrível abrir a porta de casa e dar de cara com o mar. Como isso é possível? Por que é tão impossível imaginar uma casa branca em frente ao mar enorme?

Sentou-se no banco de madeira no gramado. Com a cabeça nas nuvens, pensava como é que ia ser dali em diante. Podia sentir a maré alta chegando para tocar seus pés, como o pinguim escritor a alertou. A lua cheia flutuava. Amarelada, imensa, maior que na noite anterior, em que a família acampou no jardim da casa antiga. O luar deixava um rastro branco no mar. A noite faiscava.

Amanheceu.

INTERVALO
Os doze meses

O PAI DE JASMIM, há muito tempo, logo antes de a menina nascer, passou a visitar um recanto das livrarias e dos sebos a que quase nunca ia: o dos livros infantis. Estava em busca de histórias para ler para a filha; já era hora de montar uma biblioteca para ela. A mãe cuidava do enxoval, o pai cuidava dos livros, e ambos cuidariam da menina.

Na antiga cidade em que moravam, havia um sebo deste tamaninho chamado Lamentamos a Poeira. Um belo dia, na saída do trabalho, ele ia passando pela rua quando a dona, toda serelepe, o chamou: a sobrinha de uma falecida professora de língua inglesa tinha vendido ao sebo dezenas de livros para crianças, jovens e adultos como ele. O pai perguntou:

— Posso dar uma olhada neles em casa, com calma, e escolher os que a minha filha escolheria?

— Pode, depois você paga e devolve os outros — disse a dona do sebo, que abriu a loja mais por amor (sempre tanto) aos livros e às pessoas que leem que por amor ao dinheiro (sempre tão pouco).

Pois foi o que o pai fez. Ali havia histórias maravilhosas, livros da Inglaterra e dos Estados Unidos em sua maioria. Sua ideia era presentear Jasmim com uma biblioteca de livros em português, mas, fazer o quê?, livros são livros. Como alguém poderia dizer não a uma biblioteca verdadeiramente internacional? Que bonita e acolhedora seria! O pai traduziria os livros para ela durante a leitura e lhe mostraria as ilustrações. Daria certo. As coisas feitas com carinho e afinco volta e meia dão certo, de uma maneira ou de outra.

Um dos livros lhe chamou a atenção de imediato: *The Twelve Months*, ou *Os doze meses*. Era uma tradução em inglês de um reconto escrito por um tcheco (chamado Božena Němcová) de uma história da tradição oral eslava. Parece embolado? Pois assim é o mundo das histórias e, porque você está lendo este livro, eu posso dizer: pois assim é o *nosso* mundo, meu e seu.

O pai leu o conto uma porção de vezes para si e para Margarida até encontrar a *sua* versão. Colocou uns penduricalhos aqui, tirou uns balangandãs acolá, resumiu algumas partes, enfeitou outras, e a história passou a ser dele também. (Está aí uma verdade: este livro sobre Laila e Jasmim é tanto meu quanto de quem me lê: é *nosso*. E, se você falar dele para outras pessoas e contar a história do seu jeito, você terá escrito este livro comigo.)

Semanas depois, Jasmim nasceu. Desde que era um pinguinho de gente, a menina foi embalada pela voz forte e doce do pai contando essa história. Ele contava sempre tão igualzinho, mudando no máximo uma palavra aqui, outra ali, que a história — que era do povo eslavo, e então foi recontada por um tcheco, e depois foi traduzida para o inglês, e por fim foi lida e adaptada por um brasileiro — passou a ser de Jasmim também. E agora é minha, porque está no meu livro, e é sua, porque você está aqui comigo. Vamos a ela:

Os doze meses *(adaptado e narrado pelo pai de Jasmim)*

Onde: na mente do pai, no quarto da menina e no mundo.
Quando: sem data para não virar passado.

Era uma vez uma menina órfã que morava com a madrasta e sua filha, ambas perversas. A menina era muito maltratada pelas duas. Fazia tudo que é tarefa de casa, recebia menos comida e dormia na sala, num colchonete bem fininho, sem cortinas nas janelas.

Aquele era o inverno mais terrível de todos... Na última noite do ano, em plena nevasca, a madrasta pediu à menina que fosse à floresta recolher as primeiras flores da primavera. E por quê? Porque ela queria enfeitar o quarto da filha com flores. Só por isso! A menina disse:

— Mas as flores da primavera só brotam em março!

— Nem mas, nem meio mas — respondeu a madrasta. — Vá assim mesmo! Agora!

O que mais ela poderia fazer senão obedecer? A menina pegou seu casaco puído e saiu para o mundo. O frio era tão intenso e o vento era tão forte que você nem imagina! Só havia neve, árvores retorcidas e a lua pálida, pálida. Nada estava vivo. As flores e os frutos se guardavam para o calor dos meses seguintes.

A menina estava azul de frio e sentia sono, um sono mortal. De repente, avistou o que parecia ser uma clareira. Viu uma grande fogueira e vários vultos ao seu redor. Contou-os de longe: eram doze. Cantavam músicas, comiam e bebiam para espantar o gelo.

A menina foi até lá e pediu para se aquecer ao fogo. O grupo lhe concedeu um banco próximo às chamas. Perguntaram o que ela fazia ali, e a menina explicou tintim por tintim. Um deles disse:

— Mas as flores só brotam em março! Eu sei disso porque sou Março.

Foi então que ela soube que cada um daqueles seres era um mês do ano. Estava diante dos doze irmãos, que sempre se reuniam no último dia de dezembro para celebrar o novo ano. Os meses da primavera, do verão e do outono eram mais jovens e se encantaram com a menina. Já os meses do inverno eram anciãos e severos, mas mesmo eles se compadeceram dela e prometeram ajudá-la.

Dezembro, o responsável por aquela nevasca medonha, permitiu que Março tomasse o controle do tempo por um instante. Quando isso aconteceu, a neve derreteu na mesma hora, os campos ondulados ficaram verdes e as árvores se vestiram de folhas. Março fez brotar brincos-de-princesa e glórias-da-manhã, duas flores lindas, naquele gramado sem fim. A menina colheu uma cesta inteirinha de flores, agradeceu a cada um dos meses e voltou para casa. Ainda era primavera em pleno inverno.

No momento em que entrou em casa, a nevasca lá fora retornou com força total. A madrasta, ao vê-la com o rosto corado, um fio de suor na testa e as flores na cesta, ficou assombrada e a chamou de bruxa, de feiticeira. A menina explicou como tudo se deu, e a madrasta, por fim, acreditou nela.

Naquela noite, a madrasta conversou com sua filha.

— Agasalhe-se bem e vá até essa clareira. Peça aos meses que lhe deem as frutas do verão. Ameixas, cerejas, figos, mirtilos. Encha uma cesta e traga para cá. Vamos vendê-las na vila e ficaremos ricas.

Foi isso que a filha da madrasta fez, mas ela jamais achou a clareira e foi encontrada congelada no dia seguinte. Sua mãe, enlutada, morreu de tristeza.

Muitos anos depois, a menina se casou, teve uma filha chamada Jasmim e foi feliz. O jardim e a horta de sua casa davam flores e frutos o ano inteiro, e ninguém entendia por quê — só ela.

Os doze meses é a história favorita de Jasmim. Foi a primeira que ela se lembra de ter escutado e a última que o pai contou. Na última conversa que tiveram, o pai disse à filha que estava indo para *aquele jardim que dava flores e frutos o ano inteiro*.

SEGUNDO ATO
Oi

10.

JASMIM ENGOLIU RAPIDINHO o café da manhã; escovou os dentes tão depressa que ainda podia sentir o gosto da pasta — não teve tempo de enxaguar a boca uma segunda vez. Saiu que nem um foguete.

Queria chegar às 9h55, cinco minutos antes do início. Não ia chegar por último e ter os olhos de todo mundo grudados nela *de jeito nenhum*. O segredo, no primeiro dia de qualquer coisa, é chegar mais cedo e ser *você* a pessoa que olha quem chega depois. Nos outros dias a gente até pode se atrasar, mas nunca no primeiro!

O curso ficava próximo de sua casa, num teatro bem antigo que parou de funcionar logo antes de Jasmim se mudar para perto dele. Chamava-se Theatro Apollo (assim mesmo, com agá e dois eles). O lugar era rodeado de jardins. Jasmim se esqueceu da pressa e deu a volta no edifício. Na parte de trás, havia alguns bancos de madeira e um chafariz de granito com detalhes em bronze, infelizmente desativado. Dois jardineiros plantavam novas mudas por ali e regavam o gramado seco e amarelado como uma múmia.

Entrou no saguão; era espaçoso e ladrilhado de mármore. Do lado direito, um pórtico se abria para o café do teatro. Do lado esquerdo, havia uma porta que levava à bilheteria, e outra, à sala onde os chapéus eram guardados. Nada disso existia mais: a cafeteria era só um balcão e uma pia, não havia bilheteiro fazia muitos anos e, mesmo que existissem frequentadores, eles não usariam mais chapéus.

Uma mulher estava na porta, como se representasse todas as pessoas que, por décadas a fio, conferiram os ingressos desde que o teatro nasceu. Seu nome era Rose e ela lhe avisou que a aula seria no palco mesmo. Jasmim descobriria depois que Rose era a assistente do professor.

O teatro tinha um jeito de segredo, sabe? Devia ser a idade avançada de tudo, a história cravada em cada canto, tanto riso e tanto pranto por décadas sem fim. As paredes revestidas de madeira clara, com fotos desbotadas pelo tempo, as poltronas azuis de couro, o carpete escarlate, tudo desmilinguido, mas de pé. Todas as luzes da sala estavam acesas, menos duas, talvez queimadas, e havia um lustre esplêndido no centro. Só a plateia estava aberta; o balcão, as frisas e os camarotes estavam interditados. Contando assim, parecia gigantesco, mas não era. Era acolhedor.

Havia quatro pessoas no palco. Um homem careca e barbudo, que só podia ser o professor. Duas meninas, que conversavam entre si e pareciam amigas. E um menino... Jasmim ficou ao lado dele. O professor sorriu para ela. Então, os outros foram chegando picadinho: um, depois mais dois, quatro juntos. Dez minutos depois, o professor contou: os quinze estavam ali.

— Oi, pessoal! — disse ele.

As crianças, numa roda, responderam *oi*. Foi um *oi* meio desafinado, esticaaado, porque algumas disseram *ooooooooi* em vez de um *oi* normal, com as duas letras de sempre.

— Meu nome é Leandro e eu vou ser o professor de teatro de vocês pelas próximas semanas. Como é que vocês se chamam?

— TamarGabriDaniClarLaurMuriJasmJuliEduarJoã...

— Um de cada vez, gente. Além do nome, quero saber a idade e o sorvete favorito de vocês.

Todo mundo se apresentou.

— Quem tá aqui porque pediu muito pra mãe ou pro pai?

Mais da metade levantou a mão.

— E quem tá aqui porque deu na telha da mãe ou do pai e tá meio sem saber por que tá aqui?

O restante ergueu a mão (um menino fez isso nas duas perguntas; estava pingando de sono e não ouviu bem). Jasmim levantou a mão, e o garoto que estava ao lado dela fez o mesmo. Ela não guardou o nome de ninguém. Todo mundo falou rápido que nem uma flecha! Mas o de Murilo ela lembrava: Mu-ri-lo. No meio daquela chuva de *chocolate!* e *morango!*, Murilo disse que seu sorvete preferido era sorvete de jaca. Ele parecia engraçado. *Jaca! Onde já se viu? Que figura!*

Jasmim esquadrinhou Murilo como se o desenhasse com os olhos. Que garoto mais vermelho, que garoto mais azul!

Ruivo com sardas e olhos azuis profundos, tão profundos; um sorriso lindo que fazia covinha quando abria. Ele vestia uma camiseta preta de manga comprida, e Jasmim achou que seus braços se pareciam um pouco com os bracinhos (melhor dizendo, as asas) de um pinguim.

— Pela minha experiência, e eu já dei esse curso um bando de vezes, as pessoas que não sabem por que estão aqui acabam gostando tanto quanto quem quer muito estar aqui. E às vezes até mais!

Hum, se ele tá dizendo..., pensou Jasmim.

Laila acordou na própria cama. Nossa, como estava resmungona naquela terça-feira! Até o irmão saiu de perto. Sabe quando você acorda de ovo virado, de cara amarrada e do avesso? Laila acordou dessas três maneiras juntas. Para começar, assim que pisou no chão — com o pé esquerdo, lógico —, uma farpa entrou na sola do pé. Conseguiu tirar com a unha e lavou com água e sabão. Desceu a escada querendo comprar briga e caçar encrenca. O pai estava na cozinha.

— Animada pra montar sua biblioteca? — perguntou ele.

Laila entrou muda e permaneceu calada.

Eita, disse João, quando ela bateu a porta da geladeira.

Eita, disse João, quando ela tirou uma colher da gaveta de talheres e arremessou na mesa.

Eita, disse João, quando ela bufou forte o bastante para derrubar a casa de tijolos do terceiro porquinho.

— Sua mãe me contou que você foi lá no nosso quarto à noite porque não tava conseguindo dormir.

— Que mais que ela te disse, hein? — perguntou Laila, alto, maltratando as palavras.

— Não, não, *não*. Você não vai falar comigo nesse tom. Toma tenência, garota.

— *Garota?*

— Garota, sim. Toda destrambelhada. Batendo a porta da geladeira, como se ela não tivesse sentimentos.

— Eu também tenho, sabia?

O coração de João foi tomado de espanto. A resposta o pegou desprevenido. Ele estava brincando, puxa vida!

— Que houve, filha?

— Nada.

— Que história é essa de dormir lá no jardim?

— Não posso escolher o lugar onde eu vou dormir?

— Não, não pode. Quando você tiver a *sua* casa, você pode dormir até no telhado. Na *minha*, você vai dormir na sua cama e fim de papo.

— Não posso escolher nada, então?

— Laila, eu tô moído. Que que houve?

Com a cara e a coragem, ela disse de uma vez:

— Eu fiquei menstruada, tá?

Depois pensou: *não acredito que eu falei isso pro meu pai primeiro*.

— Opa! — disse João, mais branco que uma tapioca.

Laila pegou a garrafa térmica e despejou café no copo.

— Você já contou pra sua mãe?

— Não. Você é o primeiro que sabe.

— Ah!

Laila completou o copo com leite. Dessa vez, foi sem açúcar mesmo.

— Cadê a mamãe?

— Tá no jardim. Quer que eu conte pra ela?

— Não, eu vou contar mais tarde.

— Foi agora?

— Não. Foi ontem.

— E por que você não falou nada?

— Não deu. Aquela confusão toda...

— E tá tudo bem?

— Tá.

— Então tá.

— Me empresta seu celular pra eu ligar pra Jasmim?

— Empresto, claro.

Laila entornou o copo todo e se escafedeu da cozinha.

✱

— Imaginem uma estação ferroviária — disse Leandro.

Os alunos conseguiam ver até a fumacinha do trem.

— O que é que tem lá? O que vem à cabeça de vocês?

Gente dizendo tchau, pessoas chorando, turistas chegando, gente feliz, famílias juntas, pessoas sozinhas, funcionários conferindo os bilhetes, bilheteria, muitas malas, mapas, vira-latas simpáticos, algodão-doce, pipoca, salsichão, churros, disseram as crianças.

Jasmim se divertiu às pampas emprestando vida àquela estação de trem. *Nossa, é bem isso que eu e a Laila fazemos com o rosto das pessoas na rua*, pensou Jasmim. *O que será que ela tá fazendo agora? Preciso escrever um e-mail pra ela falando do curso.*

O grupo fez tantas outras coisas! Teve uma hora em que Leandro disse:

— Imagine que você é um livro. Num depósito. Tem outros embaixo de você, tem outros em cima. Vocês todos contam a mesma história, só que são exemplares diferentes. Imagine alguém te colocando numa caixa cheia de livros. Fechando a caixa. Depois lacrando. Botando num caminhão. Tudo escuro, barulho de trânsito, de buzina. Agora você tá numa livraria. Bem na vitrine; a sorte te sorriu! Alguém te pega. Sinta os dedos folheando suas folhas, sinta suas folhas folheadas pelos dedos. Alguém te abre numa página qualquer e lê uma frase sua. Alguém quer levar você pra casa. Logo no primeiro dia, essa pessoa te esquece no parapeito da janela aberta do quarto. O sol forte te empena. A chuva fina te enruga. Cai um pouquinho de café numa das suas páginas, e essa mancha fica pra sempre em você. Te deixam cair no chão, *ai!*, sua lombada amassa. Usam sua orelha pra marcar onde foi que a leitura parou, isso quando não dobram a beirada da página... Escrevem em você: o nome da pessoa, a data em que vocês se encontraram. Rabiscam em você: observações nas margens, um desenho aqui, outro ali. Mas *te leem*, então *tudo* vale a pena. Vocês todos contam a mesma história, mas a história é sempre diferente porque a pessoa que te lê é única. Ela te abre com os olhos e com o coração. Você é um livro aberto. E quem te lê é você.

A aula inaugural terminou. Na saída, Jasmim não resistiu: tocou o ombro de Murilo. Sentiu sua mão no ombro dele e o ombro dele em sua mão.

— Você nunca tomou sorvete de jaca, né?

Murilo sorriu e deu uma piscadela. Jasmim ficou vermelha até as orelhas.

— Até quinta, Jota.
Jota? Ele me deu um apelido, foi isso?

— Seu pai me disse que você tem uma coisa pra me contar — disse Nora, da porta do quarto de Laila. Entrou e sentou-se na ponta da cama.
— Ele te falou o que é?
— Não. Ele disse que você queria me contar.
— Ontem eu fiquei menstruada.
Nora abriu um sorriso. Seu contentamento não coube nele e se espalhou para os olhos. Deu um abraço na filha.
— Parabéns, meu amor.
— Parabéns pelo quê, mãe? Veio cedo demais.
— Não. Veio na hora em que tinha que vir.
Nora passou então para a parte prática: perguntou à Laila o que ela sabia sobre absorventes. Laila disse que pegou um dela e seguiu as instruções do pacote. Mostrou à mãe. Estava quase perfeito, mas era hora de trocar. Nora foi apanhar outro. Voltou. Deu macetes para a filha.
— Esse que você pegou é só pra dormir. Você não vai usar ele. Vou passar na farmácia e comprar absorvente de fluxo médio pra você.
— Fluxo médio?
— Isso. É bem mais confortável que esse aí. Aí a gente vê se precisa trocar ou se ele dá conta. Isso a gente acerta rapidinho.
Laila fez uma careta. As coisas degringolaram. A vida ficou mais complicada de uma hora para outra.

— Que houve? — perguntou a mãe.
— Nada. — Laila inspirou, expirou. — Tudo mudou de repente!
— E o que você acha que vai acontecer agora?
— Não sei. Eu só sei que eu me recuso a ser como a Luísa, que só pensa em esmalte e maquiagem e fica se olhando no espelho o dia todo.
— Mas você não precisa fazer as coisas que sua prima faz...
— Não vou fazer mesmo!
— Tudo bem, filha! Eu e seu pai só queremos te ver feliz.
— Só acho que não devia ter acontecido agora.
— *Aconteceu.*
— Por quê? Eu não sei de nenhuma menina da minha sala que ficou menstruada. Por que eu? Não podia continuar do jeito que eu tava?
— Dorme um pouco, vai te fazer bem. Eu te acordo pro almoço.
Nora fechou a janela para escurecer o quarto, depois saiu. Laila acendeu o abajur da mesa de cabeceira e pegou o caderno de lembranças. Leu uma por uma. Não devia ter deixado para ler tudo aquilo longe dos amigos; sentiu-se ainda mais sozinha. Tinha um monte de coisa escrita ali. As palavras viajaram da cidade antiga à cidade nova na velocidade da luz, mas eram para a antiga Laila. Só o sol amarelo, a flor branca e o poema de Jasmim germinavam na nova Laila.

Margarida escutou a chave na porta e chamou Jasmim do quarto de costura. Estava atolada num mar branco de renda, num lago azul-clarinho de tafetá.

— Me conta como foi lá!

— Foi legal.

— Jura? Depois eu fiquei aqui matutando que não devia te botar num negócio sem perguntar pra você primeiro.

— Mas até que foi divertido — disse Jasmim, dessa vez sorrindo.

— Ufa!

Margarida abriu o cetim na mesa de corte, tão leve e difícil de domar. Prendeu ali, puxou acolá, o danado não parava quieto. Pegou pesinhos e alfinetes, *pronto*, colou o bendito na mesa e cortou bonitinho. Ajustou o tamanho da agulha e da linha. Agora, sim! A máquina de costura cantava, o cetim rosado tomava corpo.

— Ah, já ia esquecendo. A Laila te ligou! Contei pra ela que você tava no curso de teatro.

Jasmim se abriu num sorriso.

— Posso ligar pro celular do tio João?

— Claro.

Quando Jasmim ligou para Laila, notou a amiga um pouco borocoxô. Sentiu que devia esconder a empolgação com o curso.

Quando Laila recebeu a ligação de Jasmim, sentiu a amiga um pouco murcha. Não, não era hora de falar da menstruação.

As duas só se encontraram *de verdade*, como se estivessem uma na frente da outra, quando Laila disse:

— Adivinha o que eu tenho na mão...

— O Manoel?

— Não.

— O quê?

— Seu sol e sua flor — disse Laila com a voz embargada, *a outra voz*.

Jasmim nem conseguia se mexer direito. Laila tampouco.

Jasmim prometeu que contaria mais do curso por e-mail.

Laila prometeu que encontraria um poema e lhe enviaria assim que o pai montasse o computador.

Jasmim decidiu contar sobre o Murilo pessoalmente. Até porque não tinha muito o que falar, talvez não fosse nada de mais. Precisava ver a amiga o mais rápido possível, isso sim.

Laila decidiu contar sobre a menstruação pessoalmente. Precisava visitar a amiga antes que as férias acabassem, de qualquer jeito.

Quando desligaram o telefone, as duas choraram baixinho.

11.

DE REPENTE, PARECIA QUE JASMIM também tinha se mudado para perto do mar... Leandro pediu que todos caminhassem pelo palco como se estivessem numa praia. Acesos de alegria, os alunos imaginaram um dia de sol abraçado pela brisa. Então ele disse: *estamos em outra praia, estamos no inverno; vocês caminham por uma faixa de areia estreitinha, imprensada entre uma duna de neve e o mar*. A turma encontrou duas colônias perdidas no fim do mundo: uma de pinguins, a outra de leões-marinhos.

Aí o professor bateu palmas e avisou: *há uma revoada de abutres no céu!* Os alunos ficaram alertas, um pouco ressabiados. O que aquilo significava? Havia problemas no paraíso? *Um misto de espanto e curiosidade*, pediu Leandro, mas nem precisava pedir, era o que os alunos sentiam. *Mais abutres voando pro oeste*. Que angústia! Por que estavam ali? Foi então que se depararam com uma baleia morta, devorada pela metade. Alguns sacudiram os punhos, para espantar as aves funestas. Outros contemplaram a morte com serenidade.

Depois, os quinze formaram uma roda. Leandro pegou uma folha de papel e a amassou até virar uma bola. Disse à turma que segurava *um sabiá com uma asa quebrada*. Passou para Murilo, que estava à sua direita. O professor disse:

— Imagine que você tá segurando um sabiá, a plumagem parda, os ossos cheios de ar. Escute o passarinho piando de dor, você se sente ainda mais indefeso que ele. Agora pense que há um veterinário de aves na sua cidade, pense que há esperança, que ele não será abandonado...

Murilo entregou o sabiá para Jasmim; e assim foi, o pássaro passou de mão em mão. Quando o professor jogou a bola de papel no lixo, os alunos sentiram um aperto no peito que não conseguiram disfarçar. Leandro abriu um sorriso deste tamanho! Aquela seria uma bela turma. O teatro estava presente em cada um deles.

O pai de Laila tinha saído para resolver um pepino e a mãe foi um instantinho na rua descascar um abacaxi. Laila ficou com a casa só para si, mas o que ela queria mesmo era explorar o jardim.

E o que tinha ali? Bom, *não* tinha o manguezal e a poça de lama (daquele encontro com o pinguim escritor, lembra?). Todo o resto tinha. Pense em alguma coisa. Pensou? Tinha. Cactos torcidos em tantas dobras, com cada espinhão assim! Palmeiras, cipós e amendoeiras de encher os olhos. Ipês de todas as cores, e os amarelos estavam floridíssimos!

Mangueiras, samambaias e jabuticabeiras carregadas de bolinhas pretas. Tinha um pé de caqui por ali, mas que pena que as frutas só viriam ano que vem. E tinha uma floresta magrinha de bambu, cana-de-açúcar e eucalipto, espetando o céu.

Flores, flores, não havia muitas. Tinha lírios-brancos, isso tinha, e aos montes. Tinha sol e girassóis. Mas foi aí que Laila correu os olhos pelo gramado e descobriu uma penca de flores bem pequenas fervilhando no tapete verde: margaridinhas, violetas miúdas, cravinhos. No quintal, uma horta com hortelã, manjericão, pimentas, tomatinhos, tomilho, tudo. Havia coqueiros na praia, mas não no jardim.

Laila tinha encontrado sua árvore, até que enfim! Nem precisou procurar, esbarrou nela de repente. Aquela que parecia ter nascido e crescido para que o tronco sustentasse suas costas. Era aquela mesma. Imponente, imensa. Ao contrário do caule das palmeiras e dos coqueiros, todo esquisito e entulhado de pontas, aquele era bem confortável. Ela só não sabia o nome da árvore, mas isso não importava — era sua. Encontrar uma dessas era como ter uma casa secreta na árvore. Sentiu o mar por perto e *Duas ilhas* nas mãos, o livro que o senhor Alberto lhe deu. Abriu, fez um carinho no ex-líbris de Jasmim e começou a ler.

— Então agora é você que mora na casa branca da Sophia! — disse uma mulher, do portão.

Era alta, tinha um lenço roxo na cabeça e um cabelo prateado comprido até aqui. Se Jasmim estivesse ali, com certeza já teria pensado em dez coisas sobre sua vida só de olhar para o rosto dela. Mas Laila estava encasquetada com o que a mulher disse e não criou história alguma para ela.

— De quem? — perguntou Laila.

— Da Sophia de Mello Breyner Andresen.

— Uau, que nome chique! É a dona da casa?

— Não é a dona, mas com certeza foi quem *criou* essa casa. Sophia é uma poeta portuguesa. Eu também me chamo Sofia. Ela é Sophia com *ph*, eu sou Sofia com *f*. Quer ouvir o poema?

— Que poema?

— O da casa branca, uai! O poema da sua casa.

— Você sabe de cor?

— Sei um cadim de nada. Só a primeira estrofe.

— Como é que é?

— Se prepara, que é um trem lindo demais da conta.

— Tô preparada. Vai.

— *Casa branca em frente ao mar enorme,/ Com o teu jardim de areia e flores marinhas/ E o teu silêncio intacto em que dorme/ O milagre das coisas que eram minhas.* Gostou?

— Gostei. E quem é você?

— Uai, eu já me apresentei. Sou a Sofia com *f*, vizinha docês. Vim dar as boas-vindas.

— Você mora na casa azul?

— Moro, sô. E como que é seu nome?

— É Laila. Meus pais se chamam João e Nora. E meu irmão é o Manoel.

Nesse segundo, o gato, como se evocado, pipocou no jardim e se esfregou na perna da irmã.

— Me explica uma coisa: o Manoel é esse gatinho aí?

Laila podia jurar que tinha visto um pingente brilhando em cada olho de Sofia.

— É ele mesmo.

— Mas é bonito demais esse gato, tá doido!

Sofia se ajoelhou na grama e olhou para o Manoel. Um gato pode se sentir ameaçado se você olhar fixamente nos olhos dele, então ela piscava devagarinho. Em vez daquele festival de *pspspspsps*, Sofia estendeu o dedo indicador na direção dele. É assim que uma pessoa que conhece e respeita os gatos se apresenta a eles: apontando o indicador, esperando ele vir. Talvez venha, talvez não, mas as chances são boas. Manoel, que não era antipático nem nada, foi cheirar o dedo. E logo se esfregou todo nos joelhos de Sofia, que fez cafuné na sua cabecinha, coçando bem ali entre as orelhas, onde ele adorava. Manoel ronronou que foi uma beleza! Pronto: viraram amigos. Laila ficou impressionada: parece que o irmão fez uma amiga antes dela.

— Você sabe qual é o nome dessa árvore? — perguntou Laila, apontando para a *sua* árvore.

— Ela nunca me disse. Acho que você pode escolher um.

Era engraçada a Sofia.

Será que a mãe achou que ela ia esquecer? Só porque elas não falaram sobre isso nos últimos dias? Imagina se ela ia esquecer!

Era aniversário de Margarida. Quando o pai de Jasmim estava vivo, sempre lhe comprava 24 margaridas, uma para cada hora do dia em que nasceu. *Sempre*, desde que se conheceram, no último ano da faculdade. No primeiro ano sem o pai, era inimaginável para ambas ver duas dúzias de margaridas florindo a casa. Era inadmissível e insuportável.

Mas algo aconteceu no segundo ano sem o pai. A própria Margarida foi à floricultura mais próxima — um quiosque verde encravado na pracinha dos jacarandás — e pediu à dona Cármen que lhe preparasse seu buquê. Deu tudo certo. Era difícil, mas não era inimaginável, nem inadmissível, nem insuportável a presença das flores na casa.

Dona Cármen, a senhora das flores, não sabia que era aniversário de Margarida. Só a antiga cidade do pai, da mãe e da filha é que sabia. Quando o pai passeava pela rua com 24 margaridas, todo mundo recordava.

Depois do curso de teatro, Jasmim foi ao quiosque e encomendou um buquê para a mãe com o dinheiro da mesada. Explicou que, enquanto morasse na cidade, iria lá todo ano, naquele dia, para comprar duas dúzias de margaridas.

Dona Cármen agora sabe o dia do aniversário de Margarida. Em pouco tempo, a cidade toda saberia, ao acompanhar de camarote a menina que carregava uma flor no nome e um jardim de flores na mão — sempre naquele dia, ano após ano.

Após o almoço, João se dedicou a montar a biblioteca de Babel da Laila; a menina ao lado, ajudando como podia. Na sexta-feira, eles desparafusaram e encaixotaram tudo, tão falantes. Agora, trabalhavam sem trocar uma palavra; ele com a furadeira, ela com um pano úmido embaixo para catar o pó. Tudo pronto, era hora de arrumar os livros; Laila cuidaria disso. O pai foi montar o computador no quarto de hóspedes.

Laila, com aqueles olhos de lince, folheou cada livro à procura de traças. Não encontrou uma sequer, ainda bem! Manoel miava pedindo para ela se apressar; queria uma caixa só para ele. Como a irmã continuava que nem uma tartaruga, ele se apossou de uma delas, cheiinha como estava, e tossiu uma bola de pelo. Estava meio carrancudo o Manoel.

Mais tarde, João bateu à porta do quarto de Laila e a convidou para fazer a trilha que começava a três quadras dali e terminava no alto da Pedra Azul. Ela topou. O início era bem protegido do sol; iam por um caminho de terra batida ladeado por paineiras, ingás e figueiras. Depois bastava escalar a pedra até o topo. Não era tão difícil assim, mas que troço cansativo aquilo! Nos trechos mais íngremes, João e Laila fizeram escalaminhada, que nada mais é que subir com a ajuda das mãos, segurando-se em raízes e na própria pedra.

Foram parando no meio do percurso para tomar água e acompanhar o pôr do sol. Viram cactos, orquídeas, bromélias. Avistaram andorinhas, tucanos, tico-ticos. O zunido das cigarras era de trincar o ouvido. Pouco antes de chegarem ao cume, Laila notou um coqueiro solitário no meio do matagal, afastado da trilha. Era alto como as nuvens! Sua coroa de folhas fazia as vezes de biruta, chacoalhando com o vento e tingindo tudo de verde. Laila ficou gamada pelo coqueiro. Além da árvore desconhecida do jardim de casa, que já era dela, arranjou mais essa.

Pai e filha alcançaram o topo, o coração saindo pela boca, a língua de fora. O bairro, antes de ser loteado, era uma grande fazenda, com bananeiras e pés de café e de cana-de-açúcar. Hoje só havia resquícios desse passado pelas redondezas. Lá de riba, a casa branca de Laila e a casa azul de Sofia pareciam mirradinhas. Não dava para ver rua alguma; eram tão arborizadas que entre as casas parecia existir um tapete verde, voador, que pairava entre os telhados amarronzados. Havia poucas pessoas na areia e menos gente ainda no mar. Na outra ponta, encostada na Pedra Verde, ficava a prainha, que era quase uma piscina natural, protegida por uma barreira de pedras. Aquela era uma praia de mar bravo, mexido, mas a prainha era pura quietude.

O sol estava prestes a tocar o mar. Sentados na pedra, cada um comeu uma paçoca.

— Eu acho que preciso te dizer alguma coisa, pirralhinha.

— Não precisa, pai.

— Eu quero dizer alguma coisa.

— O quê?

— Não sei direito.

— Depois você me fala, então.

O sol foi caindo, caindo, e então mergulhou de vez na água; Laila sempre ficava abismada de ver isso. O entardecer demora tanto, mas, de repente, lááá para o finzinho, quando o sol está quase indo embora no horizonte, ele despenca no oceano num piscar.

— Eu me lembro de quando eu tinha uns treze anos e minha voz começou a ficar mais grossa, e os pelos vieram, nas pernas, nos braços. Tudo veio rápido demais. E as espinhas! Eu só pensava: *por que eu? por que eu tô mudando?* Eu tinha amigos tão orgulhosos... Contentes, sabe? Mas eu não queria ficar daquele jeito.

— Tô meio esquisita, pai. Me sinto diferente — disse Laila, e essas palavras ecoaram com tanta força dentro de si que ela ficou na dúvida se o pai chegou a escutar do lado de fora.

João e Laila contemplavam em silêncio. Os ruídos do poente fluíam como um riacho. Os pássaros sacudiam o dia das penas, e as flores cheiravam a sol e a colinas.

Quando chegaram à praia, já estava escuro. Só o breu da noite lhes dava luz. E nenhum dos dois se atreveu a se virar para o outro e fazer os olhares se encontrarem.

Assim que se aproximaram do portão branco, Manoel veio em disparada, sacolejando a barrigona.

— Pirralhinho! — disse João, agarrando e beijando o filho.

Laila subiu a escada e sumiu de vista.

Jasmim decidiu escrever um poema. Já tinha título: "Murilo". Aí ela riscou e colocou "M. e J.". Aí ela riscou e não escreveu mais nada.

No verso da folha, escreveu "Mu-ri-lo". Aí ela riscou e botou "Muuu". Não encontrou o poema, mas achou um apelido para ele e se deu por satisfeita. Jasmim dobrou a folha ao meio e a guardou na gaveta (imagina se ela ia jogar no lixo!).

Abriu o caderninho violeta e releu o poema do pinguim. *Será que é esse o poema dele, esse que eu criei antes de saber que ele existia?*

Fechou o caderno e apanhou o carimbo que Laila lhe deu. Marcou seus livros, um por um. O último foi *Os doze meses*. Na primeira página havia o nome da antiga dona, Margaret Haugen, e o ano, 1986. Era engraçado pensar que o livro um dia seria de outra pessoa. Foi de Margaret, do pai, dela e... de quem mais?

Jasmim o folheou. Como estava em inglês, e ela não conhecia um pingo do idioma, parecia grego para ela. Mas, pelas ilustrações, Jasmim conseguia ler a história e imprimir a voz forte e doce do pai em cada página.

Como ela queria que o pai tivesse deixado alguma anotação ali, uma mensagem secreta para ela! Depois que ele morreu, Jasmim abriu o livro e examinou cada página tão minuciosamente, procurando um asterisco, um destaque, um tracinho, uma letra. Mas o pai não deixou nada, *nada* para trás. E ela queria tanto uma coisinha!

Um dia, dali a alguns anos, Jasmim descobrirá as diferenças entre a história do livro e a do pai. E vai entender que o pai deixou muita, muita coisa para trás, que cada mudança que fez na história era um presente só para ela.

O quarto de Laila enfim parecia *dela*. Pintado havia poucos dias, o cheiro da tinta duelava com a maresia, mas a maresia era mais forte. A biblioteca de Babel finalmente estava pronta, as prateleiras apinhadas de livros. Os vestidos bailavam no armário, a cortina azul de linho esvoaçava ao vento. O abajur da mesa de cabeceira iluminava cada detalhe do quarto, menos o cantinho escuro onde a bola de basquete dormia.

Tudo estava no lugar. Na parede, uma imensa fotografia emoldurada da Montanha da Mesa, o símbolo da terra natal do irmão. Um globo terrestre na escrivaninha, como se aquele fosse o quarto de alguém que iria rodar muito por esse mundo. Uma ampulheta de areia branca ao lado de um relógio antigo, com números romanos, como se aquele fosse o quarto de alguém que teria todo o tempo do mundo. E, mais importante que tudo, Manoel deitado em sua caixa, forrada com uma manta. A mãe bateu à porta e entrou.

— Tá linda a sua biblioteca!

— Também achei.

Nora correu os olhos pelas lombadas.

— A *fada que tinha ideias*, eu amava esse. *Uma ideia toda azul...*

— Resolvi colocar os dois juntos.

— Os livros da sua infância são os livros da minha infância — disse Nora, sorrindo feito uma criança.

Laila demorou os olhos nos livros, aquele olhar perdido.

— Que cara é essa, filha?

— Nada. Só um pouco de dor na barriga, mas vai passar.

— Sabe que eu pensei muito na sua vó essa tarde? Ela não levava o menor jeito pra falar dessas coisas. Eu escrevi num pedaço de papel que tinha ficado menstruada e prendi com um ímã na geladeira.

— Num pedaço de papel?

— Foi. Ela viu e veio falar comigo, toda desengonçada. Ela disse que eu era uma *mocinha* a partir de agora. Eu tinha doze anos. Difícil imaginar que agora eu era uma mulher se ontem eu era uma menina andando de bicicleta e ralando o joelho.

— É. Porque eu sou a mesma pessoa. Isso aqui não significa nada.

— Não, Laila. Significa um mundo de coisas. Significa que você pode ser mãe, se um dia você quiser. Só isso. É *só isso* e *tudo isso*.

— Talvez eu não tenha filhos.

— Tudo bem. O importante é que, se você um dia quiser, você *pode* ter filhos.

— Eu me sinto diferente, mãe.

— Claro! É recente; isso vai passar. Eu só queria te dizer que... você não é uma mulher *a partir de agora*. Você *sempre foi* uma mulher. Então você tem toda razão quando diz que é a mesma pessoa. Mas ficar menstruada é importante, sim. Você vai entender um dia.

— Tomara — disse Laila, um sorriso chocho nos lábios.

— Te garanto que sim. Vou preparar um chá de capim-limão pra você e já volto.

Manoel escapuliu da caixa para acompanhar a mãe à cozinha. Imploraria por um sachê de ração molhadinha. Nora tinha o coração mole e sempre dava.

Quando voltou com o chá, Nora deu a ideia de fazerem um mural de cortiça para a parede da escrivaninha. Estava morrendo de saudade de fazer trabalhos manuais com a filha. Seria um lugar onde Laila poderia afixar seus afazeres, seus recortes de revistas e jornais, suas fotos e cartões-postais. Talvez aquilo virasse um quadro de inspirações — a cortiça refletindo Laila feito um espelho.

Margarida estava pregada de tanto costurar. Se estivesse sozinha, teria ido dormir às nove da noite e tirado o telefone do gancho para não ser acordada. Mas seu aniversário era muito importante para Jasmim, então algum tipo de comemoração *precisava* acontecer. Fez um bolo de nozes com fios de ovos e aprontou um prato com cajuzinhos. (Jasmim adorava espetar castanhas-de-caju nos docinhos, os seus preferidos.) Colocaram a mesa; o buquê de margaridas brilhava num vaso azul.

Cantaram parabéns. Margarida fez um pedido — *muita vida pra minha filha* — e soprou a velinha. Uma pétala caiu na mesa.

Sim, o aniversário dos pais é um pouquinho aniversário dos filhos também.

12.

LAILA DESPERTOU PARA VER que novo dia naquele dia havia. A manhã estava um escândalo de bonita! Ela precisou abrir a janela do quarto para saber; o vidro estava embaçado pela maresia. O céu azul, rabiscado pelos galhos das árvores, prometia outro dia de praia. Quando é que o inverno daria as caras?

Laila ainda não tinha escola. Colegas de trabalho de João sugeriram duas no centro da cidade. Uma ficava a cinco minutos a pé da outra, mas as duas eram longe, muito longe da casa branca em frente ao mar enorme. Sem engarrafamento, quase quarenta minutos. Só que vira e mexe o trânsito empacava naquele vai-não-vai. Mais um gasto para a planilha: o transporte escolar.

Todos foram visitá-las, menos o irmão. Manoel tinha coisas mais importantes para fazer, como lagartear ao sol, caçar calangos e besouros, e afiar as garras nos troncos das árvores (para caçar mais calangos e besouros).

Mais de uma hora no carro. Chegaram. A cidade não era tão linda assim afastada do mar e das montanhas, afastada de casa. Se estudasse naquele bairro, Laila passaria duas horas do seu dia pensando que não morava na segunda cidade mais bonita do mundo mundial coisíssima nenhuma.

A Escola Número 1 era assim: um caixote numa avenida larga.

A Escola Número 2 era assado: um caixote maior numa avenida mais larga.

Eram imaculadamente brancas. Nas duas havia cinco turmas do sexto ano. Cinco! Com até quarenta alunos!

João e Nora fizeram uma batelada de perguntas de ordem técnica, coisa de pai e mãe. Perguntaram ao coordenador como a comunicação era feita entre a escola e os pais, *quantas reuniões por semestre?*, perguntaram sobre o material didático, *vocês têm suas próprias apostilas?*, horários, segurança, enfermaria (Nora se arrepiou ao pensar na testa partida da filha). Laila só queria saber de duas coisas: as bibliotecas e as quadras de esporte. *Quedê?*

Antes, uma passadinha nas salas de aula. Eram férias e não havia vivalma ali; visitar escolas sem alunos era meio esdrúxulo. Na sala da Escola Número 1, os desenhos, murais e retratos foram retirados, porque uma trupe de pedreiros estava lixando e pintando as paredes. Na sala da Escola Número 2, tinha um mural sobre o efeito estufa e outro com cartões-postais dos próprios alunos dos pontos turísticos da cidade. Também tinha um mural que trazia vários relatos do que cada um pretendia fazer nas férias. Laila queria ler cada um deles (quem sabe seriam seus futuros amigos de classe?), mas não deu tempo.

Pronto: as bibliotecas. Como eram escolas que recebiam alunos de todas as séries, do primeiro ano do Ensino Fundamental à terceira série do Ensino Médio, em cada uma delas havia uma biblioteca para crianças menores e outra para crianças mais velhas e adolescentes. Não eram ideais, mas, por serem bibliotecas, já eram maravilhosas. Bem que podiam ter mais livros, bem que podiam ser menos brancas, ter menos cara de lugar-de-estudo e mais cara de sala-de-leitura... Imagine uma biblioteca que tivesse jeito de ler-na-árvore, já pensou?

Os ginásios eram quase idênticos; se bobear, cabia o mesmo número de pessoas nas duas arquibancadas. A Escola Número 1 tinha um campinho de futebol, mas a Escola Número 2 tinha piscina. Um empate foi decretado. João e Nora colocariam as mensalidades e os outros gastos na ponta do lápis, e então os quatro tomariam uma decisão. (Sim, os quatro: Manoel participa das reuniões familiares.)

A volta para casa levou, sem brincadeira, uma hora e meia. Durante o trajeto, a cidade parecia ainda menos bonita do que antes. Ao chegarem, receberam presentes do Manoel: três calangos, dois besouros e uma blusa que não era de nenhum dos três. Consternados, João, Nora e Laila descobriram que o primogênito retornou ao velho hábito de roubar roupas dos vizinhos.

Os alunos do curso foram agrupados em duplas. Jasmim ficou com uma menina chamada Clara. Uma deveria prestar atenção na outra por alguns segundos. Depois, deveriam se virar de costas e mudar duas coisas em si mesmas: fazer um penteado diferente, tirar o colar, dobrar a barra da calça, e por aí vai. Por fim, voltavam a se olhar e cada uma tentava identificar as mudanças feitas. As duplas eram sempre trocadas. Depois de Clara, Jasmim ficou com Laura.

Na terceira vez, parece que todo mundo conseguiu o que queria: Clara e Laura formaram uma dupla (as duas eram unha e carne), Jasmim e Murilo formaram outra.

Saiba você que Jasmim não perdia Murilo de vista por um único e solitário segundo, mesmo quando não estava olhando para ele. Só que agora ela *podia* olhar para cada canto dele e não precisava disfarçar. Que delícia!

Jasmim ficou de costas e, quando tornou a olhar, viu coisas novas. Achava que o conhecia por inteiro, ledo engano! Foi apresentada à sua canela direita (Murilo levantou a calça até o joelho) e à parte de cima das orelhas (ajeitou o cabelo para trás). Só que ele fez uma terceira mudança só para ela: subiu a manga da camiseta até o ombro, deixando o braço esquerdo todo à mostra — sua asa de pinguim.

No fim da aula, Murilo foi para perto de Jasmim, abriu a mochila e lhe entregou um potinho.

— Um doce de jaca pra você, Jota. Queria trazer o sorvete, mas ia derreter.

Então era verdade! Ele não é um bobalhão!

— Obrigada, Muuu.

Era esse mesmo o rapaz de quem Jasmim gostava.

Depois do almoço, Laila foi para o jardim. Avistou o mar à frente, a Pedra Azul à esquerda e a casa de Sofia à direita. A vizinha estava numa posição engraçada sobre um tapetinho no gramado. Olhos fechados, deitada de costas, joelhos dobrados, mãos na barriga.

De repente, Sofia abriu os olhos e encontrou os de Laila. Sorriu gostoso. Quando sorria, as ruguinhas do seu rosto dançavam.

— Vem cá, essa blusa por acaso é sua? — perguntou Laila.

— Uai, é! Por que que ela chispou de casa? Eu trato ela a pão de ló!

— Ela foi raptada.

— Misericórdia! Por quem?

— Pelo meu irmão.

— Nó! Que danadim! — disse Sofia, sorrindo e batendo palmas. Como qualquer pessoa sensata, ela idolatrava gatos. — Então vou deixar sempre um trem secando aqui no jardim pra ele levar! Ai, num guento!

Assim vai ser muito difícil educar o Manoel!

— O que que você tava fazendo? — perguntou Laila, depois de entregar a blusa à Sofia.

— Respirando, uai! Indo pra perto de mim.

Caramba, que pessoa mais diferente!

— Eu ia te pedir... — disse Laila.

— O quê?

— Você pode escrever num papel o poema da casa branca? Vou mandar por e-mail pra minha amiga poeta.

— Quer dizer que você tem uma amiga poeta?

— Tenho.

— Me fala mais dela, sô!

Laila desembestou a falar de Jasmim. E a saudade saiu a galope do lugarzinho onde estava escondida. Ah, a saudade!

✳

Margarida estava por aqui de costurar. Resolveu tirar um merecido dia de folga dos vestidos e da cozinha. Ela conferiu no jornal a programação dos cinemas. Havia um punhado de salas nos dois shoppings da cidade com os mesmos filmes em cartaz. Por sorte, perto de casa tinha um cinema de rua que era uma belezura. O ingresso da matinê era camarada e a pipoca era crocante.

Assim que Jasmim chegou do curso, a mãe lhe disse:

— Hoje a gente vai comer fora, ver um filme, bater perna, namorar vitrine e tomar sorvete. Não nessa ordem. Só o almoço primeiro, porque eu tô varada de fome.

A primeira parada era logo dobrando a esquina: o restaurante a quilo Um Gosto de Sol. Elas nunca comiam salada crua fora de casa (*a gente nunca sabe se foi bem lavada, né?*). Margarida nutria um bocado de vergonha do seu prato; achava que as pessoas iam pensar: *nossa, não tem um verde aí, nenhum matinho. E o prato da filha é igual!*

Saindo de lá, passaram numa loja de coisas para casa e compraram copos e potes. Em uma loja de roupas, Margarida escolheu um vestido, seu presente de aniversário atrasado para si mesma. Como era bom comprar em vez de fazer as próprias roupas! Muito generosa, até fechou os olhos para um defeitinho na bainha.

Foram ao Cine Lumière e assistiram... Bom, nem elas se lembravam mais. O filme entrou por um olho e saiu pelo outro.

Depois de esvaziar o saco de pipoca, Margarida cochilou e só retornou ao mundo dos despertos nos créditos finais. Jasmim pensou em você-sabe-quem o tempo inteiro. Pelo menos o ingresso era uma ninharia.

Quando voltaram para casa, havia uma mensagem do avô, o pai do pai de Jasmim, na secretária eletrônica. Mandava notícias da viagem à Patagônia e dizia que queria reunir toda a família para uma feijoada assim que retornasse, em agosto.

Foram tomadas de surpresa. As duas se bastavam tanto que, quando a família do pai acenava com um olá, era difícil olhar para o outro lado do precipício. Quando o pai morreu, a ponte de madeira entre elas e os parentes pegou fogo. Tinham de reconstruí-la e caminhar sobre ela para chegar ao outro lado. Uma alternativa era darem uma volta imensa até alcançar os parentes do pai. Mas como? Com a lembrança da ponte ainda tão, tão forte?

No fim da tarde, João pendurou o balanço no galho mais forte da árvore de Laila. Era um carvalho, o pai lhe disse. Mas agora não adiantava mais: seguindo o conselho de Sofia, Laila já tinha batizado a árvore. Foi assim: no dia anterior, conversou com Manoel, que disse que uma árvore magnífica como aquela precisava ter um nome principesco, nobilíssimo. Manoel sugeriu dona Teresa Cristina, e quem era Laila para discordar?

Depois de inaugurar o balanço, Laila foi à praia, andou à beira do mar. Uma revoada de gaivotas desenhava o céu, lançando sombras em seus olhos.

Encontrou uma água-viva morta na areia. Será que ainda queimava? Laila não ia pagar para ver. Dava vontade de ficar olhando por um tempão: parecia uma gelatina, um manjar transparente. Cavou um buraco com as mãos, pegou um graveto por perto e a empurrou até lá.

Depois, enquanto cobria o buraco com areia, viu que tinha acabado de enterrar um animal. Então pensou no Manoel, que já era idoso. Como foi terrível o dia em que descobriu que os gatos vivem no máximo por vinte e poucos anos. Laila não sabia, nem sequer desconfiava. Aprendeu sozinha, na marra. E ela achando que ia ter a companhia do irmão para sempre... Naquele dia, decidiu que o Manoel seria o primeiro que viveria eternamente, seria o Matusalém dos gatos.

Mais adiante, havia uma cambada de crianças formando uma espécie de cordão, que ia da restinga perto da avenida até a beira do mar. Cada uma delas usava luvas e carregava um saco plástico grandão; também tinha uma mulher mais velha por perto. Laila ficou na dúvida se entrava no mar (que estava quietinho), se dava meia-volta (em direção à casa branca) ou se ficava ali mesmo, plantada feito um coqueiro, esperando a patota chegar.

Pois chegou. Laila ficou ao lado do túmulo da água-viva, os pés varridos pela água fria como argila. Quando um dos meninos catou uma lata ali por perto, ela teve vontade de dizer: *não é minha, tá?*

A fileira humana passou por ela. Alguns sorriram, outros não olharam para Laila nem com o rabo do olho. A mulher que parecia conduzir o bando parou ao seu lado e disse:

— Oi!

— Oi. Vocês estão limpando a praia?
— Estamos!

Laila notou que o restante das crianças parou também, e agora *todas* olhavam para as duas.

— Anda com a gente, vem! Estamos indo lá pra Pedra Azul.

E lá se foi Laila, toda espevitada. A moça era uma matraca; respondeu todas as perguntas de Laila e outras que ela nem tinha feito. O grupo catava de um tudo na praia. Tampinhas, canudos, espetos de queijo coalho, embalagens de sanduíche. Latas e garrafas, sacos e cocos. Tudo. Reuniam-se uma vez a cada duas semanas. Tomavam um cuidado especial com a vegetação de restinga, porque era local de desova para tartarugas marinhas e de descanso para aves migratórias. Além disso, faziam uma vez por mês a trilha da Pedra Azul e a deixavam novinha em folha. Aquele era um projeto novo de uma escola nova, uma escola municipal que ficava ali no bairro mesmo, colada à Pedra Verde, a um pulo da prainha. Eles sempre estavam precisando de mais voluntários, será que Laila queria partici...

Peraí. Ela disse escola?

— Tem uma escola por aqui? — perguntou Laila.

De: Jasmim
<poetadanoite@email.com>

Para: Laila
<testa.partida@email.com>

Assunto: Casa branca

Oi!

Adorei a poesia da Sophia/Sofia. Quer dizer que você tem uma vizinha que te declama poemas? Que sorte! A minha nem olha na minha cara quando me encontra na escada.

Ainda não escrevi nenhum poema, mas tô tentando. Tô com uma ideia na cabeça.

Que fofo que você se lembrou do aniversário da mamãe. Ela te manda um beijo.

A casa de vocês é a coisa mais linda! Manda mais foto!

Beijo! Te amo!

J. (acho que vou assinar assim agora, que que você acha?)

13.

QUE SURPRESA LAILA TEVE naquela manhã! João finalmente colocou a rede no alpendre. Embalada pelo vento, ela comemorava: *aquilo* tinha acabado, agora só mês que vem. Pensou por um momento que tudo tinha voltado ao que era antes, quase como se nada tivesse acontecido. Fechou os olhos e aproveitou essa sensação; queria prendê-la no pensamento feito um sabiá numa gaiola. Mas Laila jamais aprisionaria um sabiá, por isso aquela impressão de felicidade lhe escapou de imediato. O vendaval, no entanto, lhe trouxe outro passarinho, curioso como um curió.

— Ô vizinha! Cê tá boa?

Como Laila ficava feliz de ouvir aquela voz! Sofia entrou e se sentou nos degraus do alpendre, ao lado do Manoel, que tomava banho de sol de pança para cima.

— Como é que você veio morar aqui? — perguntou Laila.

— Eu morava em Minas antes, era casada. Aí o mequetrefe picou a mula...

— Picou a mula?

— Picou, sô.

— Que que é isso?

— Uai. Escafedeu-se. Tomou chá de sumiço. Deu no pé. Fez *puf!* e sumiu. Cascou fora.

— Ah — disse Laila, e desejou ter um caderninho para anotar *tudo* que Sofia dizia. *Parece outra língua!*

— Foi o cão chupando manga! Aquela besta quadrada pegava o boi comigo, aí a bagaça vai e evapora... Nó, fiquei uma arara!

— Poxa.

— Mas tem nada, não, eu sou macaca velha — disse ela, soltando uma risada estridente de taquara rachada. — Laila do céu, minha vida rende um livro! Vai escutando...

Eis o resumo da ópera: o mar enorme da poeta Sophia chamou Sofia. Despediu-se das montanhas roliças de Minas — que, de certa forma, ondulavam como o mar — e comprou a casa azul. Só que, lá pelas tantas, bateu uma coisa estranha nela, uma solidão desgramada. Andava tão jururu! Aí Sofia tirou suas tralhas do quarto extra, providenciou uma cama de casal e passou a receber hóspedes. Isso rendia uma bufunfinha, ainda por cima, para complementar a aposentadoria. Só não tinha televisão. O aparelho pifou, e nem passou por sua cabeça comprar outro (ninguém chiou). As pessoas vinham, aproveitavam a praia, caíam no sono, tomavam café e levantavam âncora.

— Meu café é uma beleza. Daqui, ó — disse Sofia, puxando a ponta da orelha.

— Hummm.

— Cafezinho de hotel, você precisa ver.

— Hummmmm.

— Vou te convidar qualquer dia desses, viu?

— Brigada.
— Que tal agora?
— Agora? Mas eu já tomei café!
— E vai dizer que num cabe mais nada?
— Caber, cabe.
— Então arreda pra minha casa, sua boba! A gente senta lá no jardim, come uma coisinha e proseia mais um cadiquim!

Laila se levantou da rede e olhou para a casa azul. Lá estava a mesa, ao lado de um canteiro com cactos, babosas e helicônias. A toalha já teria voado se não fosse um enfeite de madeira bem pesado. Pularam o muro (baixinho e coberto de hera) e se sentaram. Ora, parece que Laila tinha feito uma amiga!

Até o momento, aquela era a aula mais divertida de todas, na opinião de Jasmim. Pois ia ficar melhor. Os alunos estavam sentados no palco, num círculo. Leandro disse:

— Lá pra cima do morro, tem uma casa abandonada. Continua a história, Clara.

— É uma casa roxa...

— Procura a história, procura a sua voz! — exclamou Leandro.

— É uma casa roxa e ela não é abandonada, não — disse Clara.

— Ótimo! Sua vez, Laura.

— Bruxos vivem lá. Tem um estacionamento de vassouras do lado de fora.

— Abracadabra! Vai, Murilo.

— Eles se reúnem todas as terças e quintas, e aí...

— A casa parece que voa! — completou Leandro. — Tamara, é contigo.

— Quando tem reunião, os bruxos chegam trazendo a neblina. Ninguém na cidade consegue ver a casa.

— Você, Jasmim.

— Mas tem uma menina que consegue... O nome dela é Laila. E o irmão dela, o Manoel.

— Gabriel, solta a sua voz! — disse Leandro.

E a história disparou por um caminho que Jasmim desconhecia. Gabriel arranjou uma companhia para Laila e Manoel: ele mesmo, veja você a audácia, um menino chamado Gabriel. Aí a história descambou para capas, espadas, tapetes mágicos, gnomos, guilhotinas, patati, patatá.

Se Jasmim continuasse a história, faria tudo diferente. Seria só Laila e Manoel saindo de casa todas as terças e quintas para ouvir o que era dito na reunião dos bruxos. Será que os dois eram bruxos também? E se todo mundo for um cadinho bruxo? Laila tem conversas com o Manoel que não acabam nunca. E consegue afastar os pensamentos ruins da cabeça com tanta facilidade... Assim que eles vêm, Laila lhes ordena que partam imediatamente!

Na casa roxa, ela descobriria que os bruxos são bacanérrimos, que têm tantas ideias como abelhas numa colmeia. Eles leriam sua palma da mão e ficariam maravilhados com a linha da vida tão espichada e profunda! Além disso, leriam seu futuro na borra do café e lhe ensinariam alquimia no jardim de ervas e especiarias. Eles também gostavam de papear com gatos, e Manoel flutuaria feliz naquele vaivém de capas esvoaçantes.

Assim como Laila, os bruxos amavam a beleza das tempestades de raios. E adoravam as noites de lua nova, quando ela não é visível no céu e tudo é silêncio e escuridão. Nessas noites, sentavam-se em troncos espalhados pelo jardim, inebriados pelo mistério e pelas possibilidades. E, como Laila, sonhavam bonito e sonhavam sempre.

Laila descobriria como é gostoso passar um tempo com eles, trocar histórias do arco-da-velha e falar sobre a vida, todo o encantamento, o júbilo e os infortúnios da vida. E sempre voltava para casa levando uma poçãozinha no bolso, um saquinho de chá ou as instruções de um ritual que a colocasse tão próxima da natureza e dela mesma!

Mas a história não era só de Jasmim... Bom, ao menos ela conseguiu trazer Laila e Manoel à aventura!

Lá pelas tantas, Leandro pediu silêncio e disse:

— Pessoal, a gente precisa decidir que peça que nós vamos montar. Alguém tem uma sugestão, uma história?

Jasmim não escutou direito o que seus colegas falavam. Eu também não conseguia ouvir nada, só escutava uma coisa forte no peito dela, uma coisa que não sabia se pulava, se pulsava, se partia.

Sofia chegou assobiando, toda prosa. Segurava uma travessa com fatias de melancia, gomos de mexerica e cubinhos de melão e graviola. Trouxe mel de engenho, uma vasilha cheia de castanhas e amêndoas, queijo da Canastra. Apareceu também com uma carta de chás, para Laila escolher um. Ela acordou com a corda toda naquele dia, então optou pelo mais estapafúrdio: *pu'er*.

— Eu vou gostar disso?

— Ô dó! Me preocupa mais se *ele* vai gostar docê. É um chá chique pra burro, viu? Ainda bem que ele tá lá dentro e não ouviu você fazendo desfeita.

Sofia escolheu o mesmo para ela e lá se foi para a cozinha. Enquanto isso, Laila beliscava as frutas, um olho na mesa, o outro no mar. Ela nunca tinha conhecido alguém que colocava tanto sentimento *em coisas*. Era mais ou menos o que a mãe fazia quando pintava, mas Sofia usava palavras em vez de tinta. E, de quebra, era engraçada.

Sofia voltou com duas xícaras. Nem bem sentou, já saltou do assento dizendo:

— Carambola!

Retornou com várias estrelas pititinhas de carambola piscando no prato azul de cerâmica. Aproveitou e trouxe uma montoeira de pistache também.

— Eita-ferro! Tô toda atrapalhada hoje — disse Sofia, pegando uma estrela. — Gosto demais da conta desse treco!

As coisas que Sofia falava!

O chá era curioso. Preto e forte como café. Só precisava de um tiquinho de açú…

— Uma pinoia que você vai adoçar meu *pu'er*! Tem base um trem desse?

— Qual o problema?

— Antes docê nascer ele já existia; tava lá na China ficando velho.

— Tendi — disse Laila, sem entender lhufas.

— Ele precisou desse mundaréu de tempo pra ser quem ele é. O açúcar vai apagar a história do chá. — Sofia fez uma pausa e completou: — Ai, ai, ai… Você quer um açuquinha aí, num quer?

— Não, não, não. Tá bom assim.

Sofia separava os caroços das frutas e os lançava no jardim. Às vezes era com petelecos, noutras era com a boca mesmo. Laila deve ter feito uma cara aparvalhada de *uau, ela tá cuspindo!*, porque Sofia lhe disse:

— Uai. Das duas, uma: ou dá uma plantação de melancia bem aqui no jardim, ou alimenta a passarinhada.

Às favas com sua polidez, Laila! E fez a mesma coisa.

— É bão, né? — perguntou Sofia, se refestelando.

— É!

Pfft! As sementes voavam.

Então ficaram em silêncio, apreciando a companhia uma da outra, só gostando de estar ali. O aqui e o agora eram importantes para Sofia. Ela sentiu vontade de tomar café com Laila e fez o convite na mesma hora, simples assim, porque nós só temos o presente. Essa quietude era mais rica do que as palavras maravilhosas que Sofia dizia, porque não dava para registrar num caderninho. É uma paz que fica dentro da gente.

Laila imaginou como seria contar para Sofia que tinha ficado menstruada. O que ela diria? Sofia era *tão* bacana. E aberta. Aberta que nem a praia. Talvez dissesse, daquele jeito tão dela: *Aconteceu, uai. Xapralá. Cabô. Babau. Não esquenta muito a mufa, senão pega fogo.*

Ou então...

Quem sabe ela fosse uma dessas pessoas que são meio bruxas, sabe? Uma dessas pessoas que abraçam o mistério das coisas e delas mesmas. Talvez ela me embruxasse, me deixasse tranquila de novo, me dissesse que agora eu faço parte do universo. Que agora eu faço parte da lua, das marés, das estações. Ela me diria que isso tudo vai afiar meus instintos e minha intuição, que eu vou ficar mais forte, tão forte!, e que eu vou ser mais eu mesma do que era antes.

Um dia, Laila contaria para ela. Um dia...

Ou talvez Laila já tivesse dito com os olhos.

✶

Sabe quando você faz algo sem planejar, sem pensar, sem pestanejar, sem esses três pês? Jasmim levou *Os doze meses* para a turma, a história do pai, sua história, aquela coisa tão só deles. Contou do mesmo jeitinho que o pai contava.

Além dos dois, só a mãe, Laila e Cláudia sabiam da história. Agora ela havia se espalhado entre quase vinte pessoas, e espalhar histórias é um dos gestos mais bonitos que alguém pode fazer nessa vida. Uma votação foi realizada e, por unanimidade, decidiram encenar *Os doze meses*.

— Essa história parece ser tão importante pra você. Não sei se é, mas foi o jeito que você contou... Mexeu comigo. Você tem que ser a protagonista.

Murilo levantou a mão para falar.

— Eu quero ser Março.

O mês que me dá as flores, pensou Jasmim.

> **De:** Laila
> <testa.partida@email.com>
>
> **Para:** Jasmim
> <poetadanoite@email.com>
>
> ---
>
> **Assunto:** Saudade!
>
> ---
>
> Oi!
>
> Tô feliz de saber que o curso é legal. Vocês já pensaram que peça vão fazer? Espero que você pegue o melhor papel. Já falei pro papai que preciso ver você no palco. Ele disse que vai dar um jeito.
>
> Meus pais te mandam um beijo e o Manoel manda uma cabeçadinha. Ele tá aqui do lado fazendo rom-rom.
>
> Uma beijoca,
>
> Laila
>
> P.S.: Você precisa conhecer a Sofia!

Aquela manhã foi decisiva. A peça estava escolhida, mas a história, tal como Jasmim narrou, não estava pronta para o palco. Leandro fez anotações na segunda vez que a ouviu. Havia alguns detalhes que precisavam ser acertados. Cenas e diálogos precisavam ser criados. Mais drama, mais conflito, mais potência! O professor deu algumas sugestões. O que a dona da história achava delas?

Ora, Jasmim já sabia que *Os doze meses* não era mais só dela e do pai. Era de todas aquelas pessoas, então é claro que concordou. Talvez um dia contasse a todos — ou, pelo menos, a Leandro e a Murilo — o que a história significava para ela, a herança que lhe foi transmitida ainda no berço.

Só pediu ao professor que não nomeasse a protagonista, a madrasta e sua filha. Não conseguia imaginar essas três personagens com nome. Só os meses tinham nome, e a filhinha recém-nascida, que o pai batizou de Jasmim. Foi o único pedido dela.

Acho que aquela foi a primeira vez que Laila colocou sapatos para andar pelo bairro… Caminhava pela avenida Ramalhete; nenhum carro à vista, só uma coleção de bicicletas e duas motos estacionadas. Viu uma bordoada de surfistas indo à praia. Todos descalços, só com bermuda e prancha. Laila se sentiu vestida *demais*, uma verdadeira marmota.

No final da avenida, lá onde a praia virava prainha, perguntou para um grupo de crianças se elas sabiam onde ficava a escola. Laila reconheceu quase todo mundo do mutirão de limpeza da praia.

— A gente estuda lá — disse uma garota. — A gente te mostra.

— Você é a menina do mar, né? — perguntou um garoto.
— Menina do mar?

— A menina da praia! Que tava lá enquanto a gente catava lixo.

— Ah, sou eu.

E lá se foram eles. Andaram por uma ruazinha chamada rua das Hortênsias, coberta por folhas de amendoeira (parecia até outono). Entraram na rua das Azaleias; chegaram: Escola Praia. Sim, este era o nome da escola: Praia.

A fachada azul estava acabadinha de pintar; *tinta fresca!, põe a mão, não.* Parece que os alunos se cansaram da cor de burro quando foge de antes e fizeram uma rifa no mês anterior para comprar latas de tinta. Agora, meninas e meninos mais velhos estavam por ali decidindo que mural que iriam pintar por cima do azul.

Perto da entrada, uma biblioteca com jeito de jardim, toda cheia de janelas, mesinhas, poltronas, samambaias. Laila viu caixas e mais caixas de livros fechadas, vê se pode? Coisa mais linda desse mundo participar da construção de uma biblioteca!

Uma quadra poliesportiva, espaço para correr. A horta abarrotada de frutas, verduras e legumes, que eram servidos no refeitório. Os projetos ambientais, como aquele da praia. Os conselhos estudantis, que deliberavam sobre as coisas que podiam ser decididas pelos alunos (e não eram poucas).

Mas aquilo não era a casa da mãe Joana, não. Tinha a disciplina que precisava ter, tinha carga horária, tinha presença e falta, tinha recuperação e reprovação. Mas, pelo visto, os alunos achavam natural respeitar tudo aquilo quando estudavam numa escola que os respeitava.

Laila voltou veloz para a casa branca. Não encontrou os pais no jardim. Também não estavam na cozinha nem na sala. Subiu a escada.

João estava no banheiro instalando uma ducha nova. Em seu ateliê, Nora misturava cores na paleta antes de começar uma nova tela. Pois foram arrastados para fora de casa. O pai conseguiu vestir uma camiseta, mas a mãe nem teve tempo de lavar as mãos. Laila apertava o passo, eles iam atrás. Chegaram.

— Bem-vindos à minha escola.

João e Nora se entreolharam. *Minha escola.* Laila tinha batido o martelo; as outras duas que tinham visitado foram para o beleléu. Era justo que Laila decidisse algo por si mesma. E que decisão boa! Os pais adoraram cada pedacinho do lugar.

Aquela foi a segunda visita de Laila à escola, mas ela olhou tudo como se fosse a primeira. Por muitas e muitas vezes, pareceria um lugar sempre renovado.

Era dia de fazer as compras do mês. Margarida, aliviada de sair do quarto de costura por duas horas, nem se queixou daquela vez. Ela não era a única que sabia escolher frutas e verduras, Jasmim também era boa nisso. Enquanto a mãe comprava postas de peixe, pensando com seus botões que *nossa!, tá tudo pela hora da morte*, lá estava Jasmim, avaliando cada limão. Deixava os cascudos e ensacava os lisinhos e macios, que tinham mais suco.

De repente, viu quem? Murilo, é claro, quem mais ela poderia ver? Estava com os abacaxis, parecendo um rei, perto de todas aquelas coroas verdes. Ele era sublime como o sol. Ele era sagaz como um sagui. Ele a viu.

Jasmim ficou toda embananada e mergulhou no chão. *Mas pra que isso, sua tapada? Ele já te viu!*

Sim, Murilo tinha presenciado aquela cena dantesca. Não deu outra: ele deu a volta e foi até lá. A situação era periclitante, Jasmim estava fritinha da silva.

— Oi, Jota — disse Murilo, sorrindo para ela como alguém capaz de ler pensamentos.

— Oi! — respondeu Jasmim, tateando o chão.

— Você tá se escondendo de mim?

— Eu?! Não! Claro que não!!! Tô aqui pegando um limão que caiu no chão — disse Jasmim, mentindo descaradamente. Não havia limão fujão algum, todos estavam empilhadinhos na gôndola.

Quando Murilo se abaixou para ficar mais perto dela, Jasmim deu um salto e bateu o cocuruto na placa que dizia LIMÃO-GALEGO EM PROMOÇÃO. Viu estrelas. No meio daquela constelação, o saco desabou e todos os limões lindos e lisos que tinha escolhido com tanta paciência rolaram pelo chão.

— Ai. Doeu? — perguntou Murilo.

— Não. Tô ótima.

Jasmim e Murilo cataram os limões fugitivos. Ela se despediu dizendo que precisava pegar sabão em pó.

— Cuidado, tá? — disse Murilo. — Pra não escorregar.

Ele piscou para ela. *Era amor que tinha no olho dele?* Jasmim se derreteu ali mesmo, virou uma pocinha.

De: Jasmim
<poetadanoite@email.com>

Para: Laila
<testa.partida@email.com>

Assunto: 🖤 🖤 🖤

Oi! 🖤 (aprendi a fazer coração)

Adivinha quem eu encontrei ontem na rua!
O Arthur!

Ele perguntou se eu tenho falado contigo.
Eu disse que você tá bem. Depois ele perguntou
se você vinha pra cá nas férias. Eu disse que
talvez. Aí ele me pediu seu endereço. Aí eu
disse que não sabia. Aí ele disse que pena.
Será que ele quer te mandar uma carta? Posso
dar seu e-mail pra ele?

Aproveita e me passa seu endereço!

Lembrei de você hoje porque bati a cabeça num
negócio. Mas não doeu nada.

Minha mãe tá mandando um beijo pra você e pros
seus pais. Tá costurando igual uma doida.

Dá um beijinho no gato do Manoel e outro
na Sofia.

Saudade! 🖤

J.

✳

Aquela sexta era o último dia de licença de João. A nova escola de Laila merecia ser celebrada. Pegaram o carro e andaaaram, quer dizer, ficaram mais parados que andaram. Parecia que eram os mesmos carros engarrafados daquele dia em que visitaram as escolas-caixotes.

No centro da cidade, deram um pulo numa livraria e cada um escolheu um livro (como de praxe). Depois almoçaram e fizeram a digestão no calçadão da praia mais famosa do país. Quer saber a verdade? A *deles* dava um banho naquela. Foi Laila quem sugeriu: *bora picar a mula?* Os pais concordaram, já que o dia era da filha. E lá se foram eles de volta ao mar enorme, não sem antes enfrentar um senhor congestionamento. Quando caíram na água, os três reavivaram. Em seguida, esculpiram na areia a Montanha da Mesa, plana no topo tal qual uma estrada.

À noite, Laila bateu na casa azul; Manoel veio de brinde. Sofia os encontrou no jardim. Quando a vizinha se abaixou para acariciar a cabeça do gato, ele se esquivou de tal forma que nenhum dedo o tocou. Manoel queria ficar com elas, mas *não* queria ser tocado. Deu alguns passos e deitou-se na grama, de costas para as duas. Uma ponta de tristeza se fincava no coração de Laila quando isso acontecia, mas Sofia achou graça e disse:

— Aqui, se eu quisesse ser o centro das atenções, eu tinha um cachorro. É linda demais a independência dos gatos, o segredo e a profundidade deles. Eu amo que às vezes eles vão pra um lugar só deles. Ó só procê ver como o Manoel confia na gente. Se tá de costas, é porque confia. Sabe que a gente nunca vai atazanar as ideias dele nem fazer maldade. Ganhar a confiança de um gato é...

Mais uma vez, Laila podia jurar que tinha visto um pingente brilhando em cada olho de Sofia.

— Por que você não tem um gato?

— Uai, tô esperando ser adotada por um. Eu fiquei sabendo que na Cidade do Cabo tem uns gatos fantásticos...

Manoel pulou o muro de fininho e rumou para a casa branca. Laila se despediu de Sofia e o acompanhou.

Um dia, Sofia contaria para Laila do gato que teve, o Coral. Era brasileiro e tinha uma pintinha preta no nariz, e só nisso era diferente do Manoel. Era tigrado, laranja e amoroso do mesmo jeito. *Será que minha vizinha desconfia que os gatos não são eternos?*

Um dia, Sofia contaria para ela. Um dia...

Ou talvez Sofia já tivesse dito com os olhos.

Sábado de manhã, você já sabe: consulta com a Cláudia. Como sempre, Jasmim entrou no consultório e Margarida ficou na sala de espera, folheando uma revista, de prontidão.

— E o curso de teatro? — perguntou Cláudia.

— Ah, tá legal.

Tá maravilhoso!

— Que bom. Fez novos amigos?

— Fiz. Tem um garoto bacana.

O amor da minha vida, só isso!

— Ah, é?

— É.

Será que eu conto do Murilo?

— Quem é?

— Um garoto só. Nada de mais.

Ai, eu quero contar! Preciso falar pra alguém!

— Qual o nome dele?

— Murilo.

O nome dele! Falei o nome dele pra alguém pela primeira vez!

— Murilo. Bonito esse nome.

— Até que é bonitinho mesmo.

O mais lindo do mundo...

— E o que vocês têm feito no curso?

— Você tem um pedaço de papel aí?

Cláudia destacou uma folha do seu bloco e entregou à Jasmim, que a amassou até transformá-la numa bola. Por fim, deu para Cláudia e disse:

— Imagina que você tá segurando um sabiá com uma asa quebrada...

14.

OS DIAS À BEIRA DO MAR passavam depressa. Os dias aos pés da Serra do Mar também. O sol ia e vinha; as pessoas o olhavam e perguntavam que pressa tinha. Como era inverno, escurecia um pouco cedo tanto na cidade de Laila quanto na cidade de Jasmim. Mas algo esquisito acontecia: não fazia frio nem na praia, nem na montanha (quando muito um ventinho gelado aqui, um toró acolá). Aquele inverno lembrava mesmo a primavera — ainda mais para Laila, com seu jardim de areia e flores marinhas; e para Jasmim, que colheria flores no palco nevado.

As aulas de teatro eram a alegria da vida de Jasmim. E ela não tinha mais dúvidas: estava apaixonada até o último fio de cabelo por Murilo e podia anunciar a novidade aos quatro ventos! Alternava entre dois estados: estava com ele ou com saudade dele. Queria tanto falar dele para Laila, mas não dava mais: o sentimento era maior que um e-mail ou que um telefonema. Teria de ser olhando no olho dela.

Jasmim ligou para Laila e a convidou oficialmente para a apresentação. Laila disse que moveria mundos e fundos para comparecer. Quando soube que peça era, ficou toda feliz. Aquilo era bonito demais, fez questão de dizer. Jasmim parecia bem contente, mas Laila ficou encucada: *será que a Jasmim uma hora vai ficar triste? Mexer assim com as lembranças, com o passado, na frente de tanta gente...* Afinal, Laila estava longe e não poderia acudi-la. Também aproveitou para contar que tinha encontrado sua escola; já estava matriculada e tudo. Reconstruiu a Escola Praia para Jasmim, uma maquete de palavras. Era tão viva que a amiga enxergou cada detalhe.

Margarida trabalhava sem parar nos vestidos; prazos são prazos, a única pessoa que podia se atrasar em casamentos era a noiva. Estava aliviada, o dinheiro seria bem-vindo. João pegava no batente de segunda a sexta, supervisionando a construção de um estaleiro não muito longe dali. Nora recriou seu ateliê no quarto de hóspedes, porque era o aposento que tinha a melhor luz e a maior janela, do chão ao teto. No mesmo lugar, conviviam três espaços: o quarto das visitas, o escritório com o computador e o ateliê. Por enquanto, o arranjo funcionava.

Sofia se achegou ainda mais à família de Laila. Quando a dona da casa azul visitava a casa branca para trocar um dedo de prosa, sempre trazia algo nas mãos: ambrosia, pão de queijo, goiabada cascão, doce de leite feito no tacho de cobre, compota de laranja... Teve um dia em que os cinco (não se esqueça do Manoelzinho!) fizeram um piquenique na praia. Foi um barato! Noutro dia, Laila experimentou chá verde com jasmim. *Procê matar a saudade da sua amiga*, disse Sofia.

Manoel era o gato maravilhoso de sempre. Ainda dado à gatunagem, infelizmente! No último fim de semana, um casal de portugueses aboletou-se na casa de Sofia, e aquele larápio de uma figa surrupiou a touca de banho da moça. (Até Sofia perdeu as estribeiras: Ó, *o trem tá feio! Pode parar de roubar meus hóspedes, Manoel. Você fica ativo!*)

Tudo ia se ajeitando, tudo tão perto de se ajeitar... A vida era mansa.

Certo dia, a avenida Ramalhete acordou coberta de areia. Parecia até que a casa branca estava incrustada nas dunas, que a areia da praia fazia parte da casa. E por que não o mar? E por que não alguma praia do outro lado do oceano? Se olhasse reto e seguisse, seguisse, seguisse, Laila cairia numa praia da Namíbia; se virasse um pouco a cabeça para a direita e seguisse, seguisse, seguisse, estaria na Cidade do Cabo.

— Né, Manoel? Na sua cidade. Olha lá.

Laila foi do jardim verdejante da casa para o jardim arenoso da restinga. Quando passava pelo caminho que levava à praia — apinhado de goiabeiras, coqueiros, chapéus-de-sol e pitangueiras —, Manoel miou alto. Laila deu meia-volta e quem foi que ela viu?

— Tiiiooooo! Não me contaram que você vinha! — disse Laila, voando no pescoço dele.

— Eu pedi pro João não te falar. Queria fazer uma surpresa.

Flávio prestou continência à Laila. Ela fez o mesmo. Laila estendeu a mão para ele. Era hora do aperto firme, o aperto mais firme que daria no ano. Todos os outros eram uma preparação para aquele. Flávio apertou a mão da sobrinha. Forte, bem forte. Era sempre assim: o abraço de trincar as costelas, a continência, o aperto de mão. Pronto, agora podiam matar a saudade com aquelas palavras que eram tão deles, que só meia dúzia de gatos pingados ainda usavam:

— E aí? Tudo safo? — perguntou o tio.

— Tudo safo — respondeu Laila.

— Tudo nos trinques?

— Tudo nos trinques.

— Tudo chuchu beleza mesmo?

— Tudo chuchu beleza mesmo.

— Joia.

Laila, anfitriã gentil que era, levou a mala do tio para a sala. Encheu um copo de suco para Flávio e outro para ela, depois completou a vasilha de água do Manoel. Foram para o jardim e se sentaram no gramado.

— Ê, vidão! Você tem ideia da sorte que tem? — perguntou o tio, com o sobrinho Manoel no colo.

— Esse mar?

— É! Esse mar!

— E você, que mora no mar?

— Mas eu sei a sorte que eu tenho. Perguntei se *você* sabe.

— Sei — disse Laila.

— Sabe que, pra alguém que mora no mar, eu quase não vou à praia e dou aquele *tibum* supimpa?

Decidiram mergulhar. Terminaram o suco num golão e deram um pulinho em casa só para trocar de roupa. Flávio e Laila rumaram para o mar, descalços; levavam apenas uma canga e a chave de casa. O mar, que sempre ladrava e raramente mordia, estava mais sereno naquele dia. O tio entrou primeiro. Não sentiu correnteza alguma. As ondas bem que podiam ser um tiquinho menores, mas não assustavam. Laila confiava no tio; assim como o pai, ele nadava bem que nem uma truta.

— Vem! — gritou ele.
— Dá pra ir mesmo? — berrou ela.
— Dá!

Ou vai ou racha! Ela foi. E como foi bom ter entrado! No mar, Laila foi feliz. Do mar, fitou sua casa. Pois a casa branca em frente ao mar enorme virou outra coisa, virou a casa enorme em frente ao mar branco, espumoso. Afastando-se da rebentação, Laila se viu numa lagoa azul. Nadou borboleta, os braços graciosos como asas abertas. Que sorte a dela!

Leandro passou as duas noites anteriores escrevendo o texto da peça. Quando chegou para a aula daquela terça, estava ansioso para mostrá-lo à turma. Já tinha pensado na distribuição de papéis. Jasmim, é claro, seria a protagonista. Clara e Laura poderiam ser a madrasta e sua filha; eram amigas e pareciam se divertir no palco, era justo que ficassem com papéis de maior expressão. Já os outros seriam os doze meses, oito meninos e quatro meninas. Todos usariam capas com capuz.

Às dez em ponto, o professor começou a aula: distribuiu os papéis e comunicou o calendário de ensaios a todos. Era imprescindível que não houvesse atrasos e faltas a partir de então.

Criaram juntos uma biografia para cada personagem; desse vínculo, viria uma atuação mais verdadeira. Murilo, que era Março, sugeriu que os meses de cada uma das estações tivessem personalidades semelhantes. Assim, os meses do verão (junho, julho e agosto) seriam vivazes e falariam mais alto; já os meses do inverno (dezembro, janeiro e fevereiro) seriam mais velhos e rabugentos. Gabriel disse que em julho é inverno, e Jasmim lhe explicou que a peça se passava no Hemisfério Norte, onde as estações são trocadas.

Então os trabalhos começaram. Primeiro, fizeram uma leitura em conjunto. Depois, todos leram suas falas em voz alta; os erros de pronúncia foram corrigidos e algumas falas, reescritas. Após outra leitura em grupo, Leandro começou a marcar a movimentação dos atores no palco. Ao fazer isso, atou uma cordinha que ia dos pés do elenco até o coração dos futuros espectadores.

No fim da aula, ele pediu à Rose que tirasse cópias do texto para cada um levar para casa. Como ocorreu com a história do pai de Jasmim, a versão final do texto da peça estava bem diferente da primeira. Essas coisas acontecem mesmo. Ou você por acaso acha que este livro não foi reescrito, revisado e retocado?

No cair da tarde, Sofia foi à casa branca e convidou todos para petiscos na casa azul. Quando deu onze da noite, João, Nora, Laila e Manoel foram embora; Flávio ficou para uma última taça de vinho. Laila pediu ao tio que a acordasse para dar boa-noite, mas só o viu novamente na mesa do café. Foi então que Flávio tirou um presente do bolso da calça.

— Te trouxe um caderninho. Pra você encher de ideias bonitas e me contar uma ou outra quando eu voltar ano que vem. As melhores você guarda só pra você, tá?

Foi tão vapt-vupt a visita do tio. Logo depois do café, ele partiu de mala e cuia. Sempre vinha por um ou dois dias no máximo, mas jurou de pés juntos que, da próxima vez, passaria uma temporada na casa branca. O que Laila podia fazer senão acreditar? Ela confiava no tio, dentro e fora d'água.

À tarde — o pai no trabalho, a mãe na rua e o tio já embarcado —, Laila foi para a prainha e encontrou por acaso alguns dos seus futuros amigos de escola (mas será que foi por acaso mesmo?). Um deles usava pé de pato e máscara, para ver peixes coloridos; outro construía um castelo de areia bem ali na fronteira entre a praia brava e a prainha mansa. Uma menina fazia polichinelo em cima de uma pedra; outra imitava um caranguejo, pés e mãos na areia, andando de barriga para cima. Laila fez um pouco de tudo isso e se divertiu horrores.

Saindo dali, foram jogar bola na quadra da escola. Depois, Laila sugeriu uma partida de basquete. Ela estava com tanta saudade daquilo! A última vez tinha sido com o Arthur, no último recreio na escola antiga. A garota do polichinelo era tão boa quanto ele. Será que as duas seriam as estrelas da escola no basquete? *Duas mulheres! Tomara!*

À noite, Laila pegou o caderninho e o folheou. Tudo em branco, sem uma letra sequer. Talvez escrevesse lá as coisas divertidas que Sofia falava. Talvez aquilo virasse *outro* recanto de aconchego e inspiração para Laila, além do mural de cortiça que Nora pregou na parede dias atrás. (E qual foi a primeira coisa que Laila botou no mural? A folha com o sol, a flor e o poema de Jasmim, é claro.)

Manoel miou, subiu na cama e deu cabeçadinhas na barriga da irmã. Ela fez festinha na cabeça do gato e ele ronronou alto que nem um trem.

— Ah, Manoel, eu queria tanto te colocar numa história e te dar de presente. Só que eu não consigo inventar nada.

Apagou o abajur; o luar seria sua luz de cabeceira. A cortina aberta deixava as estrelas tão próximas, parecia que bastava chegar até a beirada e apanhar uma com a mão. Sapecou um beijo no gato e adormeceu.

Então, em meio ao rumor do mar que entrava pela janela, uma história visitou os sonhos de Laila:

Manoel passeava ao redor da cabana de um camponês empobrecido e maltrapilho. O velhote o chamou com os dedos e disse, suplicante:

— Gato, me fará companhia esta noite?

— Minha natureza é rondante. Não posso ir contra ela.

— Se sua natureza é rondante, você poderia fazer vigília aqui por perto até que eu consiga dormir?

— Do que você tem medo? — perguntou Manoel.

— De absolutamente nada — respondeu o camponês.

Manoel se pôs à cabeceira da cama. Quando notou que o velhote enfim dormia, saiu a percorrer a noite que conhecia tão bem.

Mas seu passeio foi interrompido pela vontade repentina de conferir a respiração do velho. Retornou. Sobre os ossos do peito, que subia e descia, havia apenas pele enrugada. Recostou a cabeça felina no coração humano e fechou os olhos.

No dia seguinte, o velhote despertou, mas achou que o gato ainda dormia. Ficou imóvel. Manoel já estava desperto, mas supôs que o velhote ainda dormia. Ficou parado.

Ambos amanheceram juntos. Ficaram paralisados até que as pontas dos dedos do homem e a cabeça do gato se encontraram. Quando isso aconteceu, Manoel se assustou, arranhou o braço do velho e saiu para o mundo. Manoel e o camponês jamais disseram o nome um para o outro. Eles jamais se reencontraram.

Logo a luz encontrou Laila de novo. Entrou pela janela dando cambalhotas, a cortina não era páreo para ela.

Quando acordou, Laila fez algumas anotações no caderninho novo. Algumas eram lembranças da história que ela sonhou, outras eram coisas só dela, que eu jamais conseguiria saber. O que Laila faria com tudo aquilo? Não sei. Você teria de perguntar a ela. Mas não agora. Teríamos de dar tempo à Laila.

Quando Jasmim contou que a peça escolhida pela turma foi *Os doze meses*, Cláudia disse para ela aproveitar bem esse momento, porque era uma celebração da vida que o pai viveu. Era emocionante, mas não precisava ser triste. Afinal, lembranças felizes e a própria felicidade se equivalem às vezes.

15.

LAILA, COM AS COSTAS devidamente apoiadas em dona Teresa Cristina, escrevia no seu caderninho. Estava bem concentrada, até que:

— Ô vizinha! — chamou Sofia, do jardim de casa. — Tá sumida, sô!

— Tô, não, uai!

— Saudadocê! Já espiou o mar hoje? Tá uma prainha! Calminho de tudo.

— Sem ondas?

— Neca de pitibiriba! Bora lá molhar a juba.

Entraram em suas casas, trocaram de roupa e se mandaram para a piscina salgada.

Era verdade. A prainha mansa se apoderou da praia brava. Era quase um espelho; a água parecia refletir cada nuvem no céu. Laila, que se abria tanto ao mistério de todas as coisas, ainda sentia o mar tão misterioso. Porque não é só a força e a fúria que são assombrosas. A mansidão e a serenidade também são.

Por muito tempo, Laila se divertiu na água. Olhou fundo nos olhos do mar e se reconheceu profundamente nele... E o mar recordaria para sempre os nomes de todos os banhistas que nele se esbaldaram naquela manhã.

Aconteceu. Por um instante, Leandro viu todos os aspectos da produção integrados. Até pouco tempo atrás, as coisas iam aos trancos e barrancos. De repente, *Os doze meses* existia no mundo. Tinha ritmo, alma, um sopro de vida.

No momento seguinte, apareceram falhas pequetitas. Mas Leandro não se preocupou: o espetáculo ainda agorinha estava bem ali diante de seus olhos e voltaria mais e mais vezes. Estava longe de ser perfeito, mas a experiência já parecia completa. Afinal, se havia integridade, vida e prazer na apresentação, aquilo tudo valia a pena.

As crianças não tinham medo de críticas ou de parecerem ridículas; sabiam que a plateia fazia parte da peça, sabiam que sem plateia não há teatro. Elas se movimentavam em cena com propósito e desenvoltura, como se chamassem os futuros espectadores para participar. Conheciam a história, o texto, de trás para a frente, mas, Leandro bem avisou, a plateia *não* conhecia. Isso quer dizer que era permitido errar ou improvisar?

Claro que era! Se um dos atores risse ou se esquecesse do texto, outro poderia ajudá-lo. E nada de culpar a pessoa que falhou! Todos são responsáveis pelo texto e devem zelar por ele.

Antes de a aula terminar, fizeram mais uma leitura do texto. Dessa vez, os alunos estavam deitados no palco, recitando suas falas de olhos fechados. Surpresa! A maioria sabia tudo de cor e salteado. Leandro marcou os ensaios finais para sábado à tarde e dispensou a turma.

Para o almoço, Nora preparou iscas de peixe empanadas e salada de batata. No fim de semana anterior, a família (menos o Manoel) foi comprar uma mesa para o jardim. Por que alguém almoçaria na cozinha com um gramado florido e marinho daqueles na frente de casa?

Mãe e filha se sentaram lado a lado, descalças na grama, olhos no mar. Laila, que deglutia comida feito uma troglodita, custou a terminar: ia amassando cada pedacinho de peixe com os dedos para conferir se havia espinhas. Não tinha medo de muita coisa a Laila, mas, de espinhas entaladas na garganta, ô se tinha.

Enquanto retiravam a louça, apareceu uma comitiva de crianças no portão branco. Estampada em cada rosto, havia uma convocação oficial para Laila sair e se misturar à balbúrdia. As férias de julho estavam chegando ao fim, e essa urgência de aproveitar o tempo vai crescendo e prosperando no coração de cada criança.

Nora liberou Laila de ajudar com a louça, mas não de escovar os dentes. A menina subiu, passou a escova mal e porcamente, arrancou a remela dos olhos, calçou os chinelos e desceu. Manoel estava lá com a trupe, cumprimentando um por um.

As crianças levaram Laila para dar uma volta pelo bairro. Mostraram a casa abandonada da rua das Gardênias, com vidraças estilhaçadas. Ao lado da casa, no fim de um corredor ladeado por árvores retorcidas e mato alto, havia uma minúscula casinha cor-de-rosa trancada com um cadeado; foi construída pelo dono para a filha e suas bonecas. Contaram para Laila que, durante as madrugadas, ainda se podia ouvir o rangido da cadeira de balanço no segundo andar. Era o pai esperando a filha retornar do mar. A mãe esvoaçou pelo mundo. Isso tem muito tempo já, parece que vinte anos.

Na rua das Dálias, vivia um casal de velhinhos de noventa anos que, nas noites de lua cheia, bailava no jardim. Na rua dos Narcisos, morava um casal com a vida toda cronometrada que deixava todo mundo com a pulga atrás da orelha. Ele corria na praia sempre às sete da manhã; ela, às sete da noite. Ele passeava com o cachorro pontualmente às oito da manhã; ela, às oito da noite. Nunca foram vistos juntos.

Na rua das Lavandas, havia uma casa com um jardim japonês na frente: um lago repleto de carpas atravessado por uma pontezinha vermelha arqueada, além de um viveiro de bonsais e de uma coleção de cerejeiras. A floração das cerejeiras é um dos eventos preferidos do bairro. Entre maio e junho, as folhas ficam amareladas e esverdeadas e começam a cair rapidamente. As árvores ficam peladas, como vieram ao mundo. E então, a partir do fim de julho, por apenas uma semana, vêm as flores brancas e rosadas (Laila tirou a sorte grande, porque veria tudo de perto em pouquíssimo tempo). A dona da casa até tentou mudar o nome da rua para rua das Cerejeiras, mas a boboca da prefeitura vetou.

Ah, depois teve futebol, bafo, basquete, pipas empinadas e corrida de bicicleta na rua das Violetas, a única asfaltada do bairro. Ninguém tinha tempo para jogos de tabuleiro cujas partidas levam uma eternidade e um dia, jogos em que todos precisam perder para um ganhar. Senhor Tabuleiro, por favor, entenda que as crianças têm pressa! As férias, afinal de contas, davam seus últimos suspiros. Todo mundo venceu naquela tarde.

— Ei, filha... Eu não queria insistir, mas o dia da apresentação tá chegando e você ainda não me disse patavina. Que peça vocês vão encenar?
 — É uma surpresa, mãe.
 — Por acaso é *O casamento da dona Baratinha*?
 — Talvez...
 — Já sei! Você é a dona Baratinha!
 — Quem sabe...
 — Será que é *Pluft, o fantasminha*?
 — Será?
 — Você é Pluft, o fantasminha!
 — Acho que eu prefiro ser a Maribel...
 — Você é a Maribel!
 — Tcha-au!

Jasmim foi para o quarto e fechou a porta. Não fazia a menor ideia de como ia contar para ela. Estava aflita de tudo: *será que minha mãe vai ficar triste? Mexer assim com as lembranças, com o passado, na frente de tanta gente...*

— Manoel, você se comporte, viu? — disse Laila. — Nada de sair por aí sem companhia!

— Miau — miou Manoel. Um miado curto e simpático que significava "positivo" (bem diferente dos indignados e estridentes que dava durante as visitas ao veterinário ou quando pisavam sem querer em sua cauda).

João conseguiu a sexta de folga. A família voltaria à cidade antiga por dois dias, mas Manoel preferiu ficar com Sofia. Laila o levou à casa azul. Queria que ele passasse a noite de quinta-feira por lá, para ver se ia se adaptar.

Assim que entrou, foi se esfregar em Sofia, nos livros empilhados na sala (não cabia nem uma agulha nas estantes), na quina e no pé de tudo que é coisa, como se dissesse: *meu, meu, meu, tudo meu.*

— Hoje você tá que tá, hein, Manoel! — disse Sofia. — Que que você tá arrumando aí, seu porqueira?

Ela tinha até conseguido uma caixa para ele, olha que amor! Estava que nem pinto no lixo o Manoel. Aliviada, Laila rumou para casa, onde pegou as vasilhas de ração e de água, a caixa de areia e comida mais que suficiente para dois dias.

Quando voltou para deixar as coisas, Sofia lhe entregou uma sacola com livros.

— Taí minha contribuição pra sua biblioteca de Babel. Capaz de um dia eu pedir algum de volta, pra dar uma espiadinha, matar a saudade e tal, mas talvez esse dia nunca chegue. Não dá pra falar do futuro, né?

Eram histórias da poeta Sophia para crianças, jovens e quem mais quisesse ler. Laila passou os olhos pelos títulos: A *menina do mar*, A *fada Oriana*, A *noite de Natal*, O *cavaleiro da Dinamarca*, O *rapaz de bronze*, A *floresta* e A *árvore*.

— Posso carimbar eles?

— Isso você tem que perguntar pros livros, não pra mim.

— Brigada, Sofia. Ops! Brigada, não! *Gradicida.*

— Num tem de quê. Tá mais do que na hora da minha amiga ter uma biblioteca internacional.

Laila a abraçou; Sofia apertou mais o abraço. Sim, uma amiga!

— Na sacola também tem um chá que floresce, procê tomar com a Jasmim. É o seguinte: você dá uma fervura na água e, quando ela tiver quente de lascar, você despeja numa jarra de vidro, bota o chá e espera um tiquim. Ô trem bão! — E então ela apertou os olhos para olhar bem para dentro de Laila. — Mas, aqui, você vai mas volta, viu? Já tô cheia de saudadocê.

Chegando em casa, Laila guardou os livros na estante. *Sofia leva muito jeito com gatos; quando eu voltar de viagem, vou perguntar se ela já teve um,* pensou Laila. Então, fez sua mala. Até que não era tão diferente assim preparar a mochila para dormir na casa de Jasmim quando moravam na mesma cidade e montar a mala para passar duas noites lá. A maior diferença é que antes chegava à casa dela em questão de minutos e agora levaria duas horas.

Jasmim ensaiou tantas vezes suas cenas com Murilo que as falas ficaram borradas pelo suor dos dedos nas páginas. Tal qual um morceguinho, estava cega de amor pelo pinguim tão vermelho, tão azul.

Mas aquelas falas não bastavam, eram tão poucas... E o poema dele, para ele, com ele, que Jasmim tanto queria escrever e não conseguia, cadê? Estava me saindo uma baita trapalhona essa Jasmim!

O curso ia terminar em dois dias. Murilo não estudava em sua escola. Jasmim só sabia que ele fazia compras com os pais no mesmo mercado que ela e a mãe. Mas isso foi só uma vez. Vai que ele é preguiçoso e nunca faz compras com os pais! Ou de repente a família prefere outro mercado... Qual? Ela precisava descobrir o sobrenome e o endereço dele também. Será que ele tinha e-mail?

Jasmim foi para o computador. Havia uma mensagem nova esperando por ela. Sorriu.

De: Laila
`<testa.partida@email.com>`

Para: Jasmim
`<poetadanoite@email.com>`

Assunto: Amanhã! 🖤

Tô chegando, me espera! Parece que já tem tanto tempo! Coloca um jasmim na orelha pra eu te reconhecer.

Beijo,

Laila

Jasmim clicou para escrever uma nova mensagem. Mas essa não seria para Laila...

De: Jasmim
<poetadanoite@email.com>

Para: <pinguimazul@email.com>

Assunto: Oi

Oi, Murilo.

Hoje eu achei as últimas provas que fiz na escola. Pensei numa coisa engraçada. Pensei que, quando eu fiz essas provas, quando recebi as notas e quando olhei pra elas pela última vez, eu não sabia que você existia no mundo!
Não é engraçado?

Acredita que eu já comecei a sentir a sua falta? Mas muito, muito mesmo. Até me assusta um pouco sentir falta de mais alguém (você é a terceira pessoa).

Sei que o curso ainda não acabou, mas já sinto saudade. Eu não tenho ninguém pra falar da minha saudade por você. Como ninguém sabe de você direito (a Cláudia, que você não conhece, só sabe seu nome), eu não posso dizer: Olha, tô com saudade do Murilo. E agora, que que eu faço?

Por isso, achei que devia contar do Murilo pro Murilo, a única pessoa que sabe de verdade do Murilo.

Talvez um dia eu conte pra minha mãe. E eu com certeza vou falar pra Laila amanhã (ela tá vindo, tô tão feliz! Você precisa conhecer a Laila!).

> Só sei que eu precisava falar de você pra
> alguém nesse minuto, aí teve que ser pra você
> mesmo. Se eu não contar pra ninguém, daqui a
> pouco vai parecer que nem existiu. Mas existiu,
> né? Você também acha que existiu? É verdade pra
> você também? Ou será que eu inventei tudo?
>
> Será que você é quem eu quero que você seja?
>
> Me deu uma vontade tão doida de te escrever
> que eu até inventei um e-mail pra você.
>
> Até sábado,
>
> J.

Um segundo depois de enviar o e-mail, apareceu uma nova mensagem na caixa de entrada: era um aviso dizendo que o destinatário não existia.

Será que Jasmim inventou tudo mesmo? Como é que ela ia descobrir?

Laila desceu para jantar. Nora lavava rúcula, e João preparava uma salada com pepino, tomatinho, azeitona e manjericão.

— Tudo pronto? — perguntou o pai.

— Tudo — respondeu a filha.

Laila despejou limonada com hortelã num copo.

— Sabe que eu tive uma ideia esses dias... — disse João.

— Que ideia? — perguntou Nora.

— Ah, é só uma coisinha à toa.

— Desembucha, pai!

— É que essa economia toda com a escola... Sei lá, pode virar uma poupança, e a gente pode planejar uma viagem...

— PRA LÁ? — gritou Laila.

— PRA LÁ!

— O Manoel vai ficar magoadíssimo quando souber que nós vamos pra cidade dele sem ele — disse Nora.

— E por que você acha que eu toquei no assunto justo no dia em que o Manoel não tá aqui?

João era mesmo um pai sensível.

— Desde que eu tive essa ideia, eu às vezes volto à Cidade do Cabo, à *minha* Cidade do Cabo, e vocês duas estão lá comigo — disse João. — Eu não botei vocês lá, vocês que apareceram. É a nossa cidade.

Foi a coisa mais bonita que Nora e Laila ouviram dele em muito tempo. Que sujeito joia que elas tinham em casa!

✳

Jasmim passava suas falas no quarto, andando de um lado para outro. A mãe bateu à porta.

— Você não vai me contar mesmo qual é a peça? — perguntou Margarida.

— Agora não, mãe.

— Quem escreveu o texto?

— Todo mundo, mas a ideia é minha. Não a ideia da peça, mas a ideia de usar a ideia. Entendeu?

— Mais ou menos. Posso te ver ensaiar?

— Mas aí você vai descobrir qual é! Queria te fazer uma surpresa.

— É que eu queria tanto te ver passando suas falas, falando sozinha, como se fosse doida!

— Tá bom, então. Mas me promete uma coisa...

— O quê?

— Tenta não chorar — disse Jasmim, a garganta apertada querendo segurar as palavras.

— Sou mãe coruja, mas vou tentar.

— Não é por isso, mãe...

Jasmim respirou fundo e começou do princípio. Assim que disse o título em voz alta, o queixo de Margarida despencou.

— É a história do papai!

— É a história do papai...

— É a história do papai! — repetiu a mãe, e continuou falando bem rápido, atropelando as palavras: — Quer dizer, não é dele, mas ele te contava e era a sua preferida. E ele sempre dizia que você era uma das poucas crianças no Brasil que a conhecia, porque ela nunca foi traduzida pro português e ele descobriu por acidente e...

Margarida tomou fôlego e, quando parecia que ia continuar matraqueando, desatou a chorar. Que alívio ter contado tudo para a mãe de uma vez! Caso contrário, ela bem que poderia ter um piripaque e armar um berreiro daqueles durante a peça.

— Minha filha, que lindo isso! — disse Margarida, acalmando-se um pouco mais a cada palavra. — Papai vai ficar tão orgulhoso!

Tanto tempo depois e ela ainda dizia *vai ficar* em vez de *ia ficar*... As lágrimas da mãe nadaram para os olhos da filha.

— Não chora, Jasmim. Não fica triste.

— Não é isso. Eu só tô cheia de coisa e não consigo mais deixar aqui dentro.

— É muita coisa, amor. Põe pra fora mesmo.

Pois foi o que Jasmim fez.

16. Três sonhos e um poema

ESTE CAPÍTULO É DIFERENTE de todos os outros; é também o meu preferido. Não se preocupe: a história prosseguirá no seguinte. Este capítulo consiste em três sonhos de Jasmim e em um poema que eu mesmo escrevi para ela. Já que é tão diferente assim, é o único com título.

O primeiro sonho: *Uma limonada com o pai*

Na saída da peça, o pai de Jasmim lhe dá um abraço comprido, e é como se o mundo se sentisse abraçado.
  — Você gostou? — pergunta a menina.
  — Eu adorei! Tô tão orgulhoso de você. É a nossa história no palco, né?
  — É a nossa história, sim.

— Vamos tomar uma limonada?

— Posso chamar a Laila?

— Pode.

Jasmim traz Laila.

— Laila, esse é meu pai. Você nunca conheceu ele.

— Oi, prazer!

— A famosa Laila, finalmente! Vamos pra nossa limonada? — diz o pai.

— Vamos! — respondem as meninas em uníssono.

Na lanchonete, o pai de Jasmim pede três limonadas. Enquanto isso, Laila vai ao banheiro.

— Às vezes eu não acredito em como você tá crescendo rápido, filha.

— É?

— É. Aproveita que a gente tá sozinho e conta pro teu pai alguma coisa. Uma coisa que te preocupa, o que você quiser.

— Tá tudo bem, pai.

— Em casa também?

— Sim. Mamãe tá bem.

— E como foram esses dois anos?

— Tudo bem. Passaram.

— No começo foi difícil, né? Até ajeitar as contas todas...

— Não tem importância. Agora já passou. O dinheiro dá.

— E os próximos dois anos, como você acha que eles vão ser?

— Eu vou ter treze, então acho que já vou saber o que fazer da vida. Hoje eu quero ser poeta. Acho. Você acha bobo?

— Não acho.

— Poeta, então.

— Pelo que eu vi hoje, você também pode ser atriz, dramaturga, diretora de teatro. Você pode ser tudo. Cientista, astronauta, tudo.

— Então eu vou ser é astronauta. Tá decidido. Uma astronauta poeta.
— O mundo precisa de astronautas poetas.
As limonadas chegam.
— Cadê sua amiga?
— Ah, pai, tá tão bom assim.
— Tá mesmo.
— Só nós dois... Conversando, matando a saudade.
— Então tomara que ela demore mais um pouco, né? Que que você quer me contar, filha?
Mas Laila sai avoada do banheiro, e um sorriso passa voando pelo que antes era o rosto — bonito e cheio de vida — do pai. E então só restam as meninas ali na mesa.

O segundo sonho: *Um chá com o pai*

O sol veste a tarde de luz. Jasmim tamborila sobre a mesa, contemplando o panorama da cidade desconhecida. Enxerga ruínas, parques frondosos e campanários de igrejas antigas como montanhas. Até que a voz forte e doce de sempre laça sua atenção.
— Feliz aniversário, filha.
— Vinte e dois anos — *diz Jasmim, sorrindo.*
— Todo dia você nasce pra mim.
— Todo dia você nasce pra mim... Bonito, isso.
— Pode usar num poema; fica de presente.
Pai e filha estão no terraço de um café. Passa um tempo; de mãos dadas com o tempo, passa uma brisa distraída.
— Engraçado que o tempo voa, mas algumas coisas láááá de trás ficam mais e mais vivas. Coisas da minha infância.

Esses dias eu recebi a visita de um cheiro. Ele me acompanhou por uns dias. Eu sabia qual era, eu sentia o cheiro, mas não sabia de onde vinha.

— Você descobriu afinal?

— Descobri. Já te contei que uma vez meu pai me levou pra conhecer a chácara dos meus avós?

— Não contou — diz Jasmim.

— Não era mais da nossa família, mas a gente conseguiu visitar do mesmo jeito. Não entramos na casa, mas passeamos no jardim e na horta. Você sabe como eu gosto de um jardim, né?

— Nós gostamos.

— Eu me lembro de como era cheiroso o jardim de especiarias e de ervas para fazer chá. Eu disse isso pro meu pai e aí ele foi botando no bolso um pouquinho de cada coisa: hortelã, lavanda, melissa, capim-limão, erva-doce, flores de camomila. Quando chegamos em casa, ele colocou água pra ferver e fizemos uma infusão com aquilo tudo. Esse cheiro que voltou pra mim era uma mistura do perfume do jardim e do aroma do chá.

— Foi a primeira vez que você tomou chá com o vovô?

— Acho que sim. Foi divertido. Parecíamos amigos.

— Mas vocês eram amigos.

— Muito. Eu tive um bom pai.

— Eu também tive.

— Você tem um bom pai.

— Tenho. Desculpa. É a força do hábito.

Uma águia majestosa paira no ar, ensaiando para ganhar outro céu. Ainda não é hora de ir embora...

— Sabe que eu fiquei triste por ter perdido sua formatura?

— Tudo bem, pai. Não tem problema.

— Como foi?

— Foi bonita a cerimônia. Mamãe chorou.

— Acontece. Eu também teria chorado.

— E...

— O quê?

— Me escolheram pra fazer o discurso.

Os olhos do pai se enchem de lágrimas.

— E o que você disse?

— Agradeci. Agradeci a você e a mamãe, em especial.

— Me perdoa por ter perdido tudo isso?

— Claro, pai.

— Não só a formatura, mas todos esses anos.

— Perdoo.

Os dois ficam em silêncio, admirados, admirando-se. Como é fantástico ser alguma coisa, qualquer coisa, nessa vida!

— Vamos pedir nosso chá? — pergunta o pai.

— Nosso primeiro chá!

O pai chama o garçom e fica um tico encabulado ao explicar que ele e Jasmim só querem mesmo um bule com água quente. Ele comprou as ervas e fez a mistura em casa, do jeito que sua lembrança ditava. Ficou perfeita, igualzinha, mas a perfeição não é tudo. Faltava alguma coisa, dava para sentir. Pronto: flores de jasmim. Agora, sim!

— Tava com saudade de você, sabia? — diz a filha.

— Também.

— Acho que nós somos amigos mesmo. Sabe por quê?

— Por quê?

— Porque, quando aquela minha amiga Laila se mudou e perdemos um pouco o contato, sempre que a gente se encontrava era como se a gente ainda morasse na mesma cidade.

— E você acha que é como se a gente morasse na mesma cidade?

— Acho, pai.

— Nossa cidade é bonita?
— É. Ela se chama Nossa Cidade, acredita?
— Acredito. Um nome tão bonito...

Chega o bule de chá e duas xícaras. O pai joga o saquinho com as ervas na água pelando como se lançasse uma moeda numa fonte dos desejos. É o perfume do jardim da chácara, é o aroma do jardim da história que eles amam. Pai e filha fazem um brinde e veem o sol se pôr no horizonte de Nossa Cidade. A águia já vai longe.

O terceiro sonho: *Um café com o pai*

Tudo era silêncio: o pai, enrolado num cobertor, a filha e duas xícaras de café em cima da mesa. Ao redor deles, a floresta nevada que conheciam tão bem, repleta de pinheiros e abetos agasalhados por um lençol branco. A neve polvilhava açúcar nas xícaras.

— Você não tá com frio? — *perguntou o pai com a voz tremida, gelada até os ossos, a outra voz.*

— Não.

Olhando para o pai, Jasmim teceu os fios da memória. A lembrança de uma manhã de sol branco a visitou.

— Pai?
— Oi.
— A gente voltou pro começo. Praquele dia em que você me deixou experimentar café, lembra?

O pai não lembrava.

— Como não lembra? Você disse que queria sair comigo quando eu crescesse pra tomar uma limonada, um chá, um café, e saber da minha vida...

O pai fitou o vazio sem nunca mais desfitar.
— Pai, eu tenho filhos agora. Você é avô, pai!
O pai emudeceu para sempre.
— Pai! Fala comigo, pai!
O pai esqueceu o próprio nome.

Seu nome

Você me disse
que meu nome veio ao mundo
quando eu vim.
Quando abri meus olhos
já era Jasmim.

Mas eu me pergunto
em que momentos da vida
(eu não lembro)
aprendi que seu nome era
(além de pai e papai)
Pedro.

Ou será que assim que nasci
eu te dei a mão
e guardei seu nome
no meu coração?

17.

AH, UMA SEXTA-FEIRA MAIS FELIZ que as sextas dos últimos dias de aula! Janela aberta pescando a luz do sol, a aquarela de flores na jardineira e um rosto tão ansioso, os olhos cheios de esperança. Debruçada no parapeito, Jasmim observava a rua. Laila chegaria de carro dali a pouco; ela avisou por telefone que já estava na entrada da cidade. Veio um carro que parecia ser o dela. Era o dela! Parou no meio-fio. Jasmim acenou e logo saiu do apartamento; foi voando pela escadaria.

— LAILAAAAAAAAAA! — Abraço looooongo. — Você veio! Você veio!

— Mas nunca que eu ia perder a estreia da minha melhor amiga nos palcos brasileiros.

O mesmo rosto! A mesma voz!

— Ai, que saudade!

— Também senti sua falta. E o Manoel também.

— Aquele gato do seu irmão!

— Ele é um gato mesmo. Ficou lá com a Sofia.

João e Nora se despediram da filha e de Jasmim. Eles se hospedariam na casa de amigos, ali por perto. Buscariam Laila depois do almoço de domingo para uma visita à casa antiga e para a viagem de volta à casa branca.

Cada menina tinha uma grande novidade, o coração chegava a tremer. Nenhuma conseguiu esperar até a porta de casa; deram com a língua nos dentes ali mesmo. No primeiro lance de escada, Jasmim segurou o braço de Laila e segredou, ao pé do ouvido: *Adivinha quem tá perdidamente apaixonada!* Laila segurou o braço de Jasmim e segredou, ao pé do ouvido: *Adivinha quem ficou menstruada!*

No quarto de Jasmim, Laila dançou que nem uma havaiana, ondulando as mãos. Viver perto do mar estava fazendo um bem danado para ela.

— Deixa eu ver se você tá diferente — disse Jasmim.

Laila ficou imóvel, respirou fundo e se mostrou à amiga.

— Tô?

— Acho que tá um pouquinho mais alta...

— Mas não muito?

— Não, não muito. Talvez seja a mesma coisa da última vez que eu te vi, vai que eu tô enganada.

— Porque eu não quero crescer tão rápido, sabe? Quero que seja bem devagar, não quero que as coisas mudem assim depressa.

Nossa, como Jasmim adorava aquela menina! Ela falava cada coisa gostosa de ouvir, até parecia música!

— Mas tem uma coisa que mudou bastante — disse Jasmim.

— O quê?

— Sua cor. Se tá assim agora, imagina no verão!

— Dá pra ver que eu moro na praia, não dá?

— Dá! Mas e eu? Você acha que eu mudei? — perguntou Jasmim.

— Um pouquinho. Tá mais feliz.

— É?

— Eu acho. É o Murilo! Seu pinguim!

— Tô tentando escrever um poema pra ele nas últimas semanas, mas não consigo. Sabe que eu descobri que o nome dele significa "muro pequeno"?

— Murilo Murinho — disse Laila. — Bem pouco poético.

— Pois é. Péssimo! Pra completar, pouca coisa rima com Murilo. Nenhuma palavra boa.

— Uai, precisa rimar?

— Ah, eu gosto de rima, você sabe.

— Tem *grilo*. Tem *asilo*.

— Ai, Laila, coitado.

— *Cochilo!*

Margarida, cozinheira de mão-cheia, preparou uma comida tão gostosa, tão cheia de alma. Cozinhava com as mãos, mas também com os olhos, com os ouvidos e com o nariz. Quando chegou à cozinha, Laila exclamou:

— Olha que cheiro bom!

Era isso mesmo, indubitavelmente. Naquela cozinha, as pessoas conseguiam ver o perfume das coisas e sentir o cheiro das cores. Era a cozinha de uma casa-jardim.

✳

À noite, Laila e Jasmim foram encontrar os amigos de sala lá na pista de patinação no gelo. Depois, iriam comer uma pizza. Jasmim pediu à amiga que não dissesse nada a ninguém sobre a peça. Já estava de bom tamanho ter Margarida e Laila na plateia.

Arthur foi o primeiro a chegar. Pareceu tão feliz ao ver Laila, deu um abraço tão apertado nela! Os três foram para a pista, colocaram joelheiras, cotoveleiras, luvas e capacete. Mais uma coisa que Laila e Arthur tiravam de letra: patinar no gelo. Parecia até que tinham nascido com patins nos pés alados. Jasmim cambaleava; perna aqui, perna acolá. Passou metade do tempo agarrada à barra de apoio nas laterais da pista.

Os amigos foram chegando aos poucos. Laila olhava para cada um e pensava na saudade que tinha sentido e que ainda sentiria deles — e abria os braços para abraçá-los na pista. A surpresa foi Jasmim perceber que também sentia falta daquela gente toda. A escola começaria dali a alguns dias e, *sim*, ela diria *sim* para as pessoas.

Na pizzaria, Laila contou a todos que o mar enorme em frente à casa branca tinha um balanço e uma força só dele, uma calma e uma fúria toda dele. Era azul-claro e escuro demais, era indomável. E a casa era forte que nem a Pedra Azul. Quem ouvia suspirava. Laila queria ver todos lá, um por um, nas próximas férias.

As pessoas começaram a ir embora. Laila foi cercada de novo como um jardim, tão querida por todos. Essa despedida era mais fácil, porque a despedida de verdade já tinha acontecido, mas também era mais difícil: Laila demoraria bem mais de três semanas para retornar.

O último a ir embora foi o Arthur. Parecia mesmo que ele queria aproveitar Laila até o último segundo. Jasmim teve um estalo. Havia alguma coisa ali! Laila ria fácil, Arthur também. Teve uma hora em que ela pousou a cabeça no ombro dele. Teve outra hora em que ele encostou a mão na mão dela. Que coisa, Laila nunca tinha falado nada do Arthur para ela, fora aquela história engraçadíssima do pedido de namoro.

Por um segundo, Jasmim pensou se o pessoal do curso de teatro via os dois, ela e o Murilo, daquele jeito. Uma vontadezinha passageira de chorar de alegria a pegou em cheio. Será que sua melhor amiga também tinha um pinguim? Será que o Arthur era o Murilo dela? E assim, do nada, Jasmim disse:

— Não sei se você sabe, mas eu fiz um curso de teatro nessas férias, e amanhã é a apresentação da peça que a gente montou. A Laila vai! Se você quiser ir… Só não conta pra ninguém da turma, por favor.

Arthur aceitou o convite. No caminho para casa, Laila agradeceu à amiga. Não disse pelo quê, mas Jasmim sabia.

Em casa, dedicaram-se ao presente de Sofia. Pegaram uma jarra de cristal, encheram de água pelando e lá mergulharam uma bolinha verde costurada à mão com uma flor dentro. Em questão de minutos, as pétalas de chá branco se abriram e uma calêndula laranjíssima desabrochou. A casa nunca esteve tão florida. Laila, Jasmim e Margarida se serviram de chá e brevidades. Sofia ficaria feliz de saber que nenhuma delas botou um açuquinha na xícara.

No meio da madrugada, Jasmim acordou e acendeu a luminária. Laila dormia toda dobrada, as costas pareciam de gelatina. Pegou o caderninho violeta. Sim! Ela acordou com um poema na cabeça e aquele era bom o bastante para ir direto para o caderno. Até que enfim estava pronto! *Aquele* poema que ela passou as últimas semanas tentando criar. Escreveu:

> Murilo
> Crocodilo azul
> no rio Nilo.
> Desliza tão livre
> e tão tranquilo.

Aquela foi a primeira vez que foi despertada por um poema. Não pelo poema, mas por essa voz secreta que precisa se deitar no papel, que não quer ser só voz. É coisa de poeta isso? Deitou-se na cama, dormiu...

✶

... e acordou com a cara amassada feito panqueca. Laila já tinha se levantado, a cama estava vazia. Abriu a cortina. O sol de folga, o céu indeciso, azulado e cheio de nuvens, aquela chuvinha enjoada ameaçando cair. *É hoje, a peça é hoje.* Por sorte, antes tinha a Cláudia, para Jasmim espairecer as ideias.

Abriu seu caderninho e releu o poema. Tinha uma coisa esquisita nele, que não era dele. Encontrou: Crocodilo. Jasmim, que amava rimas, sabia que precisava abrir mão daquela. Era uma pena, porque, além de rimar, fazia todo sentido imaginar um crocodilo nadando no Nilo. Mas, desde o primeiro dia, Murilo foi um pinguim para ela, o pinguim dela. Trocou Crocodilo por Pinguim e deu o poema por encerrado.

Quando chegou à cozinha, encontrou Laila e Margarida proseando.

— Fernanda Montenegro acordou! — disse Margarida.
— Ai, mãe.

Jasmim se sentou e lambuzou uma fatia de pão com geleia de caqui. Laila, que já tinha terminado de comer, a acompanhou. É feio deixar alguém comendo só.

Margarida pediu para Jasmim ir sozinha à psicóloga. Queria fazer companhia para Laila, a visitante de honra. Elas adiantariam o almoço. Um último conselho:

— Leva a sombrinha, que tá armando uma chuvona — disse a mãe.

Foi batata: um aguaceiro desabou assim que ela botou os pés na rua.

Cláudia abriu a porta do consultório para Jasmim. Achou curioso não encontrar Margarida ali.

— A Laila tá lá em casa!
— Ela tá bem?
— Tá ótima. A mesma Laila de sempre.
— E a peça? É hoje, né?
— É!
— Preparada?

— Tô. Mas tô meio nervosa também... Quero que chegue logo pra acabar logo, sabe? Mas eu gostei tanto do curso que nem acredito que vai acabar.

— Sua jornada lá foi tão bonita. Você se dá conta disso, né?

— Acho que sim.

— Eu tenho certeza.

— Ah, não te contei. Minha mãe agora sabe que peça é.

— E aí?

— Ela chorou.

— Puxa. E como você se sentiu?

— Também chorei. Fazia tempo que eu não via ela chorando, aí chorei. Ela disse que meu pai *vai* ficar orgulhoso. *Vai*, em vez de *ia*. Como se a gente pudesse contar pra ele...

— Que tal se a gente pensar *no presente*? Que seu pai *tá* orgulhoso? — disse Cláudia, sorrindo. — Você mantém seu pai aceso. Ele continua te inspirando.

Silêncio, mas esse era um silêncio bom. Jasmim olhou pela janela. A mesma chuva chata de galocha, mas o céu azulava.

— Ah — disse Jasmim.

— Diga.

— Quer ir à peça hoje?

— Você quer que eu vá?

— Quero.

— Então eu vou.

— Antes eu achava que era melhor não ir ninguém. Mas eu quero você, a Laila e a mamãe lá.

Conversa vai, conversa vem, o céu azulou por completo, sem um pingo d'água. Estava tão bonito que dava vontade de comer de colherinha. A sessão terminou.

— Então quer dizer que você veio sozinha hoje? — perguntou Cláudia, levantando-se para abrir a porta.
— Vim.
— Que bom, que bom! — disse Cláudia, parecendo tão satisfeita, com um sorrisão estampado no rosto.
— Te vejo à noite.
Jasmim voltou para casa pelo sol. Seus passos floresciam rua afora.

Depois do almoço, Laila passou as falas com Jasmim. Quando terminaram, Laila abraçou a amiga até não poder mais, um abraço gostoso que dizia *vai dar tudo certo*.
— Olha pra mim — disse Jasmim.
— Tô olhando.
— Me fala coisas sobre mim. Como se você não me conhecesse. Como se você me visse na rua pela primeira vez. Como a gente faz com as outras pessoas.
Laila olhou e olhou, quase cavucou com os olhos.
— Não consigo, Jasmim. Eu te conheço tão bem. Eu te amo.

Jasmim estava de saída para o último ensaio antes da apresentação. Margarida, na borda da cama, observava a filha se aprontando. Estava um pouco diferente a menina. Parecia mais alta. Sabe quando a alegria deixa alguém mais esguio, menos curvado, com a cabeça erguida?

— Acho que a gente só se vê agora depois da peça — disse Margarida.

— É.

Jasmim escolhia um colar da sua caixinha. Mexendo naquelas coisas emboladas, sem fitar a mãe, ela disse:

— Brigada, mãe. Por me inscrever no curso.

— De nada, ué.

— Brigada pelas outras coisas também — disse Jasmim, ainda olhando para a caixinha, apesar de já ter encontrado o que queria.

Margarida achava que nenhuma das duas precisava chorar naquele momento, então ficou firme feito uma fortaleza.

— De nada, filha — respondeu, com a voz forte e doce.

Jasmim pediu ajuda à mãe para colocar o colar. Era a gargantilha fininha que tinha ganhado do pai. Margarida se levantou e afastou o cabelo do pescoço de Jasmim; viu o rosto da filha pelo espelho do armário.

— Diz pra mim que eu consigo — disse Jasmim.

Margarida respirou fundo e reuniu uma força descomunal, reuniu toda a calma do mundo, a calma de que a filha precisava, para dizer na mesma voz forte e doce:

— Você consegue.

Quando saiu de casa, Jasmim parecia gigante.

No ensaio final, o primeiro com figurino e maquiagem, Jasmim tinha alguma coisa. Alguma coisa no sorriso. Alguma coisa nos olhos. Um brilho. Algo que apareceu nessas últimas semanas e que nunca mais a deixou.

Alegria. Felicidade. Esperança.

✳

Margarida e Laila chegaram ao teatro dez minutos antes da peça. Já estava assim de gente por ali para conferir *Os doze meses*. A turma preparou um cartaz lindo, uma colagem. Páginas de agendas, folhas de calendários antigos e todas as flores que encontraram em jornais e revistas nos últimos dias estavam naquele cartaz. Uma porção de flores de verdade também, muitas pétalas secas e folhas coladas. Embaixo do título, uma dedicatória:

Para Pedro

18.

— MERDA! — gritou Leandro no camarim.

Os alunos olharam para ele, encafifados que só. O professor *xingou*, mas não parecia irritado com nada, estava superfeliz. Coisa mais sem pé nem cabeça ver uma pessoa mais velha dizer um palavrão quando estava contente. São esquisitos esses adultos.

— A gente fala isso pra desejar boa sorte antes das apresentações.

Todo mundo gritou *merda*.

— Vamos combinar que essa parte vocês *não* precisam contar pros seus pais, tá?

Aquela noite era um sonho acordado. Todos vestidos, o cenário pronto. As falas na ponta da língua, os passos dentro do coração. Todos os caminhos, os certos e os incertos, levavam àquele momento, ao mundo que nasce agora.

✳

Tudo escuro, cortinas fechadas. Na cabine de som e luz, atrás da plateia, Leandro falava ao microfone:

— Vocês sabem quantos meses há no ano?

A plateia permaneceu quieta.

— Sabem?

A plateia despertou. *Doze*, disseram.

— Quais são os meses?

A plateia falou um por um, de janeiro a dezembro.

— Assim que um mês termina, outro toma seu lugar. Março nunca veio antes de fevereiro, e outubro jamais apareceu depois de novembro. Mas, há muito tempo, nas montanhas geladas do norte da Europa, uma menina viu todos os meses de uma só vez. Não se sabe tanto sobre ela, tampouco conhecemos seu nome, mas ela está aqui pra contar sua história.

As caixas de som ressoaram horripilantes rajadas de vento; as cortinas se abriram. O cenário era simples. Ao fundo, um pano pintado retratava a parede de uma casa; da janela se via uma floresta invernal. À esquerda, havia uma mesa com duas cadeiras; à direita, um balde e feixes de lenha. No centro do palco, uma menina varria. Tremia de frio, soprava as mãos e esfregava os braços para se aquecer. É a nossa Jasmim!

Ela se surpreendeu com o enxame de rostos sombreados na plateia e com o calor dos refletores. Era como se o Teatro a estivesse levando por uma floresta misteriosa, uma mata fechada sem trilhas nem sinais.

Por que ela não tinha medo? Por que aquilo não a deixava de cabelo em pé?

Bom, porque tinha de varrer aquele palco muito bem varrido. Ali não havia espaço para temer, só para varrer, por isso varria. Saiu de cena com o balde.

A madrasta e sua filha entraram. A madrasta contou suas moedas de ouro: eram apenas duas.

A MADRASTA — Menos uma boca pra alimentar... Menos uma boca...

(A madrasta sorri para a filha. A menina retorna, as costas curvadas para dar conta do peso do balde. Estava vazio de tudo, mas, para a plateia, parecia ter água até a boca.)

A MENINA — Aqui está a água, senhora. Já busquei lenha na floresta.

A MADRASTA — E por que não acendeu o fogo? Menina imprestável. Eu e minha filha estamos congelando aqui!

(A menina junta os feixes de lenha e monta uma fogueira com o papel celofane vermelho, laranja e amarelo que tira do bolso. O refletor incide bem ali, pronto, uma fogueira arde no palco! O uivo do vento e o crepitar das labaredas coexistem. A menina se afasta do fogo, tremendo de frio; a madrasta e sua filha se aquecem.)

A MADRASTA — Filha amada...

A FILHA — Diga, mamãe.

A MADRASTA — Que tal celebrarmos o ano-novo com as flores da primavera? Acho que nós merecemos. *(vira-se para fitar a menina)* Vá buscá-las!

A MENINA *(perplexa)* — Mas nós estamos no meio do inverno! Não tem flores!

A MADRASTA *(fazendo um escarcéu)* — Atrevida! Nem mas, nem meio mas!

A FILHA — Você conhece a floresta melhor do que o nosso quintal!

A MADRASTA — Você gosta mais das flores e dos animais do que de nós!

A MENINA *(suplicante)* — Mas as flores da primavera só brotam em março!

A FILHA — Você quer que *eu* vá? Acabei de voltar da cidade com mamãe. Vendemos os tapetes que ela bordou com tanto sacrifício! Tudo pra encher sua barriga de comida, sua ingrata!

A MADRASTA — Você não serve pra nada mesmo. Depois que seu pai morreu, eu devia ter enfiado você num orfanato! *(entrega uma cesta à menina)* Anda! *(empurra-a para fora do palco)*

(O crepitar do fogaréu desaparece, e a força do inverno profundo toma o teatro. O palco fica às escuras; o mobiliário do casebre é retirado, mas a fogueira permanece. Ao fundo, um pano pintado representa uma floresta nevada repleta de pinheiros e abetos. O chão se ilumina de branco. Uma grande nevasca. A menina, ao fundo e à esquerda, caminha a duras penas; o vento é tão forte!)

A MENINA — Todos os animais se esconderam. *(escuta uivos)* Lobos! *(corre e cai no chão)* Eu vou morrer aqui. Pai! Mãe!

(De repente, à direita, avista a fogueira e doze vultos ao seu redor. Mal consegue acreditar, está salva do frio! À medida que caminha, a luz que incide sobre a fogueira fica mais intensa.)

A MENINA *(faz uma reverência)* — Com licença, senhores. Posso me aquecer aqui?

DEZEMBRO — O que faremos, irmãos? Ninguém jamais se aproximou de nós.

MARÇO — Mas ela tá azul de frio! Chegue mais perto. Não tenha medo.

A MENINA — Obrigada. Você é muito gentil. Eu quase morri congelada.

MARÇO — O que você faz fora de casa numa tarde como essa?

A MENINA — Preciso colher flores.

MARÇO *(estarrecido)* — Mas as flores só brotam em março! Eu sei disso porque sou Março. Eu trago a primavera. Esses são meus irmãos *(aponta um a um)*: Janeiro, Fevereiro, Abril, Maio, Junho, Julho, Agosto, Setembro, Outubro, Novembro e Dezembro.

JANEIRO — Nós sabemos quem você é e você nos conhece também.

A MENINA — Conheço?

DEZEMBRO/JANEIRO/FEVEREIRO *(em uníssono)* — Você conhece o frio do inverno.

MARÇO/ABRIL/MAIO *(em uníssono)* — A ventania da primavera.

JUNHO/JULHO/AGOSTO *(em uníssono)* — O calor do verão.

SETEMBRO/OUTUBRO/NOVEMBRO *(em uníssono)* — E a chuvarada do outono.

JANEIRO — E nós conhecemos você.

FEVEREIRO — Sabemos tudo da sua vida.

MARÇO — Que é gentil com todas as coisas.

ABRIL — Sabemos que é órfã.

MAIO — Que lava roupas no riacho na primavera.

JUNHO — E colhe as frutas do verão na floresta.

JULHO — Que toma banho no lago às escondidas.

AGOSTO — E observa os pássaros e as estrelas no céu.

SETEMBRO — Que sempre alimenta os animais.

OUTUBRO — Às vezes com a própria comida.

NOVEMBRO — Que apanha lenha no fim do outono.

DEZEMBRO — E sonha bonito e sonha sempre.

MARÇO — Mas eu nunca te vi tão triste... Sempre encontro você na floresta colhendo as primeiras flores do ano.

A MENINA — Mas hoje não há flores. Justo no dia em que eu preciso delas... Enfim, me desculpem por incomodá-los. Já me aqueci, agora eu preciso voltar pra floresta. (*afasta-se*)

MARÇO — Não! Espera! Você acha mesmo que vai encontrar flores no inverno? É impossível!

A MENINA — Minha madrasta não vai me deixar entrar em casa se eu não levar flores.

MARÇO (*eufórico*) — Eu tenho uma ideia! Irmão Dezembro, me conceda uma hora do seu reinado!

DEZEMBRO — Muito bem, eu concordo.

(*No palco completamente escurecido, salvo por seu rosto, Março toma o cetro e, abrindo os braços para as nuvens, entoa:*

Névoa, nevasca
Noite de inverno
Nevoento, nebuloso
Assim alterno
Venha, primavera
Por uma hora, a aurora
Que cubra de flores e hera
Esta floresta, sem demora!

As luzes se acendem. O chão está iluminado de verde; há flores de tudo quanto é tipo no palco. Ao fundo, pintada no pano, uma floresta frondosa. O burburinho da vida desabrochando se alastra pelo teatro: os pássaros cantam, os córregos correm caudalosos como rios. Um dia mágico de primavera. A menina colhe flores pelo palco até encher a cesta. Os meses a observam.)

A MENINA — Obrigada, meses. Obrigada, Março.

DEZEMBRO — Quebramos uma lei da natureza para lhe dar uma hora de primavera. Volte logo para casa, enquanto há vida.

(A menina faz uma reverência, dá meia-volta e saltita pelo campo verdejante, a cesta transbordando de flores. Sai de cena. As luzes se apagam. Ao se acenderem, revemos a casa e, diante do fogo, a madrasta e sua filha. Os sons da primavera se perdem; a força e o frio do inverno regressam. A menina entra em cena.)

A FILHA *(boquiaberta)* — Mas como…

A MADRASTA *(histérica)* — Bruxa! Feiticeira!

A MENINA — Eu encontrei uma clareira e lá estavam os doze meses. Eles me deram a primavera por uma hora.

A MADRASTA — Mentirosa!

A FILHA — Mamãe, não existem flores no inverno. Talvez ela esteja falando a verdade.

A MADRASTA *(tira as duas moedas de ouro do bolso)* — E você só pediu as flores?! Estúpida! Não pensou no dinheiro que a gente poderia ganhar?

A MENINA — A senhora só quis as flores.

A MADRASTA — Sua inútil! *(para a filha)* Encontre essa corja e exija uma hora de verão deles. Você vai colher amoras, framboesas, morangos e ameixas. Então nós vamos vender as frutas na vila e ficaremos ricas!

A FILHA — Mas, mamãe... *(estremece com o som das rajadas)* Olha só como tá lá fora! *(vê pela janela a floresta gelada)*

A MADRASTA — Filhinha, agasalhe-se bem e vá sem demora.

(Elas se entreolham, e esse gesto tem um quê de despedida. A filha tem o medo estampado nos olhos, mas a mãe é irredutível. O palco escurece; em seguida, a floresta invernal ressurge. O chão se ilumina de branco, coberto de neve. A filha, ao fundo e à esquerda, avista a fogueira e os doze irmãos, à direita. Sorri com malícia.)

A FILHA *(aproxima-se)* — Ai, que frio de rachar! *(empurra Janeiro)* Chega pra lá, velhote. Quero me aquecer.

JANEIRO *(enfurecido)* — Quem é você?

A FILHA — Sou meia-irmã daquela garota que veio aqui agorinha mesmo. Vocês deram flores pra ela. Segui os passos dela na neve até aqui.

MARÇO — Nós conhecemos sua irmã, mas nunca vimos você antes.

A FILHA — *Meia*-irmã!

DEZEMBRO — O que você quer?

A FILHA — Eu quero presentes! Eu quero o verão! Quero frutas, todas as frutas. Quero que junho me dê pêssegos suculentos, quero maçãs vermelhinhas de julho e cerejas também. Quero...

DEZEMBRO — Basta! O verão não vem antes da primavera, e a primavera não vem antes do inverno. Você terá de esperar até junho. Eu sou o mestre da floresta até meia-noite, depois é meu irmão Janeiro quem governa.

A FILHA *(berrando)* — Velho mais emburrado! Eu não vim aqui pra falar contigo! Você não pode me oferecer nada, só neve e gelo. Eu quero os meses quentes, eu exijo que...

JANEIRO — Boa sorte para encontrar o verão no inverno.

(O palco escurece por inteiro. As rajadas de vento nunca foram tão intensas; o teatro estremece. Quando as luzes se acendem, a fogueira e os doze irmãos não estão mais lá. Só a filha.)

A FILHA *(gritando desesperada)* — Cadê as pegadas? Cadê? O caminho de volta! Minha mãe! Minha casa!

(Ela tomba no chão branco. A nevasca é ensurdecedora e a escuridão toma o palco. E então revemos o casebre, a madrasta e a menina.)

A MADRASTA *(numa aflição desvairada)* — Cadê minha menina? Cadê minha princesinha? O que foi que eu fiz? O que foi que eu fiz?

(Doze badaladas, meia-noite; o novo ano tem início. Venta impetuosamente. A madrasta fita a menina com ódio mortal. Em um acesso de loucura, sai de cena, sem se agasalhar.)

A MADRASTA *(dos bastidores)* — Filha! Filha amada! Me perdoa! Perdoa a mamãe!

(Os meses entram em cena. Março entrega uma flor de jasmim à menina. Os doze irmãos dançam ao redor dela, a ciranda dos meses. Cada volta que dão representa um ano que finda. Leandro, no microfone, diz: Um ano se passou. Dois, três, quatro... dez! Os meses saem. A menina admira a flor.

Pouco tempo depois, entra um rapaz; é Murilo, sem a capa e o capuz. Veste um casaco azul com detalhes vermelhos e dourados, roupa branca por baixo e botas pretas. Segura as mãos de Jasmim e coloca um anel em seu dedo. Ela faz o mesmo. Ouvimos o choro de um recém-nascido. A menina sai de cena e retorna com o bebê no colo.)

O RAPAZ *(olhando para a filha)* — Que tal Jasmim?

A MENINA *(olhando para o rapaz)* — Jasmim! *(fitando a criança)* Seu nome, filha!

As luzes se apagaram. Quando se acenderam novamente, o rapaz já tinha saído de cena. No palco, vasos de plantas e flores, a mesa com uma fruteira carregada de cores. A menina estava sentada à mesa, a filha no colo, uma xícara de café à frente. Ao fundo, o pano pintado da parede de casa, a floresta frondosa vista pela janela. Uma casa cercada de jardins, hortas, pomares, tudo vivo.

E a peça terminou assim: Jasmim abraçada à filha, que na história que o pai contava se chamava Jasmim, *que era ela mesma*. Jasmim abraçando a si mesma, tomando seus dois dedos de café. E então os doze meses entraram em cena: de mãos dadas, formaram um grande círculo ao redor de mãe e filha.

Naquele palco, Jasmim deu ao pai e ao mundo um presente mais puro que o amor. E então as cortinas se fecharam. Veio uma salva de palmas, daquelas que estalam. Não só palmas: assobios, uivos, gritos, uma berraria só.

Muitos meses passariam até que o Theatro Apollo acolhesse uma alegria assim tão plena. Julho estava acabando, depois viriam agosto, setembro, outubro, novembro, dezembro, janeiro e todos os outros, de novo e de novo — e o teatro recordaria por anos a fio aquela noite.

Cláudia sorria de orelha a orelha; Margarida aplaudia bem forte, lágrimas corriam, não dava mais para segurar. A história de Jasmim e do pai saiu de casa e ganhou o mundo. As mães se emocionam à beça quando os filhos desbravam o mundo. A vida é mesmo essa aventura.

— Você não acha *estranho* que a gente até agora não teve um mísero dia de frio nesse inverno? — perguntou Cláudia.

Antes de responder, Margarida limpou os olhos e sorriu.

— Sabe o que eu acho?

— O quê?

— Que uma menina precisava levar flores pra casa. Ela pediu ajuda e conseguiu.

Cláudia deu um abraço em Margarida e disse que esperava Jasmim, *só Jasmim*, no sábado seguinte. Depois de acompanhar

Cláudia até a saída, Margarida recebeu a visita de uma ideia: convidaria as meninas para tomar um suco. Foi para o jardim; sentiu uma vontade repentina de espiar as estrelas.

Laila e Arthur, sentados um ao lado do outro, dividiam o apoio do braço. No meio da peça, a mão de Arthur encontrou a mão de Laila. Ela perdeu o fôlego por um segundo, os olhos arregalados. E os dois foram deixando as mãos lá, juntas. O tempo passava e elas ficavam mais suadas e coladas.

Laila e Arthur não tiraram os olhos do palco. Só que, às vezes, o olho dele tentava ver o rosto dela. Noutras, o olho dela tentava ver o rosto dele. Só desgrudaram para aplaudir. Antes de sair de cena, Jasmim olhou para Laila, que sacudiu a cabeça como se dissesse: *nossa, você foi maravilhosa, que orgulho!*

Os pais de Arthur o esperavam na frente do teatro; ele não tinha muito tempo. Correu os dedos pelo cabelo de Laila. Ela se sentiu como se estivesse no balanço de casa, quando seu cabelo ondulava, dando uma volta completa ao mundo. Ainda de mãos dadas, Laila deu um beijo no rosto de Arthur. Soltaram as mãos.

Nos bastidores, mais palmas, tapinhas nas costas e beijos estalados nas bochechas. O elenco só faltava explodir de felicidade. Jasmim deu um abraço imenso em Leandro, que disse:
— Você é bonita, menina! Você é linda!
— Foi tão bom estar aqui! Eu aprendi tanto…
— Tem muita coragem aí dentro de você, sabia?

Seria mesmo coragem? Foi mais fácil do que Jasmim pensava. Agora só tinha uma coisa na cabeça: estava doida para ter um momento em paz com Murilo, ia dizer algo para ele, queria falar alguma coisa, qualquer coisa, nem sabia o quê, ia descobrir na hora, na hora ela ia saber! Ele finalmente ficou sozinho, *pronto*, era a chance dela. ♥

Jasmim apertou o ombro de Murilo.

— Bom trabalho, Muuu.

Murilo apertou o ombro de Jasmim.

— Bom trabalho, Jota.

Por um instante ficaram assim, desse jeito, um com a mão no ombro do outro. Mas as coisas precisam acontecer! É preciso coragem!

Coragem!

A mão dela deslizou pelo braço dele, por sua asa de pinguim.

Coragem!

A mão dela parou na mão dele.

Coragem!

A mão dele fez a mesma coisa.

— Oi — disse Jasmim.

— Oi — disse Murilo.

— Você quer dar uma volta comigo um dia desses? Só ficar junto e…

— Quero.

— Então tá. A gente combina.

— Tá.

Ainda de mãos dadas, Jasmim deu um beijo no rosto de Murilo. Soltaram as mãos.

Jasmim voltou ao palco para procurar Laila na plateia. Ambas se acharam depressa, feito ímã e ferro. Laila foi correndo até Jasmim; subiu a escada lateral. Ficaram face a face no palco.

— VOCÊ NÃO VAI ACREDITAR! — berraram no mesmíssimo segundo, aos saltos.

— O MURILO...

— O ARTHUR...

— VOCÊ PRIMEIRO!

— NÃO! FALA PRIMEIRO!

Laila segurava os braços de Jasmim. Jasmim segurava os braços de Laila. E as duas pulavam felizes que só. Não precisavam dizer o que tinha acontecido, já sabiam. Uma era um livro aberto para a outra, *este* livro aberto. O chão era um trampolim, elas iam ao céu e nada de voltar. Ninguém ao redor entendia o que estava acontecendo naquele palco — só eu.

Antes de as cortinas se fecharem...

Publicar *Laila e Jasmim* é me despedir de Laila e Jasmim. Que fique claro que a maior alegria para um escritor é ver seus livros ganhando o mundo e sendo lidos por leitores e leitoras de todas as idades. Acontece que, de todas as histórias que eu escrevi, esta é a minha preferida (e tardará muito tempo em nascer, *se é que nasce*, uma que me deixe mais feliz). Como quem não quer nada, Laila e Jasmim colonizaram um pedacinho do meu coração e fincaram uma bandeira na minha imaginação. E às vezes acho até que as meninas saltaram da página, pegaram a vida nas próprias mãos e escreveram elas mesmas uma parte deste livro.

Laila e Jasmim têm um pé na infância e o outro na juventude. É um período cheio de desafios, mas aqui, e em *todos* os meus livros, as crianças são capazes de dar o próximo passo em sua vida. Meu interesse, como escritor, não está em retratar grandes transformações e eventos que mudam a vida de alguém. Eu quero é celebrar esses pequenos passos que as crianças precisam dar para crescerem um pouco mais, para se tornarem mais confiantes, para encontrarem sua própria voz e história. Do ponto de vista de muita gente (especialmente dos adultos), pode não parecer algo tão especial, mas, para as crianças e para *este* adulto, é.

Laila e Jasmim é o décimo primeiro livro que escrevi e meu sétimo publicado; foi escrito entre setembro de 2017 e janeiro de 2018. Tantas pessoas queridas passearam os olhos por esta história nos últimos seis anos, mas quero destacar a leitura de Iara, filha de uma amiga da minha grande amiga Inez. Em 2018, Iara tinha a idade das meninas. Não contente em ser a primeira criança que leu *Laila e Jasmim*, ela *também* foi a primeira que leu uma história minha, bem antes que meus primeiros livros fossem publicados, em 2020. Parece que Iara leu o livro de fio a pavio assim que o recebeu; esse é o maior elogio que um escritor de uma história de duzentas páginas pode ganhar.

Obrigado às amigas Amanda, Karen, Lúcia e Marília, por me ajudarem nos trechos que falam sobre a menstruação da Laila; à minha prima Liliana, pelos detalhes hospitalares da testa partida (aliás, o mesmo aconteceu com meu irmão em 1998, no Colégio Marista de Natal). Obrigado (ops!, *gradicido*) à tia Gilda, minha prima Isabella e minha amiga Lila, por darem uma espiadinha no mineirês da Sofia. Para montar o curso de teatro, tive a valiosa ajuda dos fabulosos livros de Viola Spolin (*Improvisação para o teatro* e *O jogo teatral no livro do diretor*) e de Maria Clara Machado e Marta Rosman (*100 jogos dramáticos*). E obrigado ao Dimi, por me auxiliar com a encenação da peça, e a todos que contribuíram para a revisão, em especial meu primo Leonardo e meu amigo Phellipe.

Há pedaços da minha vida e da arte de outras pessoas em *Laila e Jasmim*; peguei emprestadas paisagens e imagens. O deslumbrante bairro da Laila existe de verdade: é Itacoatiara, em Niterói (você precisa conhecer!). Aquele mar capaz de recordar o nome de todos que nele se afogaram veio do poema "Fábula y rueda de tres amigos", de Federico García Lorca. Para pensar nas obras da pintora Nora, que retrata objetos pequenos em lugares imensos, me inspirei na série *Cotidiano*, da artista Wilma Martins, em que feras e selvas invadem espaços domésticos. No intervalo de *Laila e Jasmim*, eu escrevi que esta história agora é *nossa*, lembra? Então, convido você a pegar pedacinhos dela e levá-los para a sua vida. *Fica de presente*, como diz o Pedro.

Quando escrevemos um livro, ou nos preparamos para essa empreitada maravilhosa, encontramos pessoas que mudam o rumo das coisas, muitas vezes porque nos colocam no caminho certo. (Às vezes essas pessoas calham de ser gatos, o que é *ainda* melhor.) Você, que leu *Laila e Jasmim*, me responda o seguinte: dá para imaginar o livro sem o Manoel e o Murilo? Eles são meus presentes para as meninas, mas eu só pude presenteá-las assim porque ambos estão presentes na minha vida. Em tempo: quando terminei de escrever esta história, em janeiro de 2018, o Manoel ainda existia no mundo. Acho que ele me esperou colocar o ponto final para ir embora e, assim, *Laila e Jasmim* guarda uma alegria inestimável: o meu amigo vivo; basta abrir o livro!

Obrigado à minha editora Elisa e sua equipe, por levarem esta história até as suas mãos; e um agradecimento especial à Lumina Pirilampus, que criou a capa mais bonita do mundo e que escolheu um nome artístico para si que faria Laila e Jasmim suspirarem.

E obrigado a você, meu leitor, minha leitora. Quando as meninas enfim voltarem do céu (vai levar um tempinho, viu?), talvez o palco do Theatro Apollo não esteja mais por lá — mas eu confio em você para esperá-las de braços abertos na sua imaginação, no *seu* palco. Se quiser falar comigo, estou aqui: escritorguilhermesemionato@gmail.com.

Por fim, agradeço a todos que ofereceram conforto — o silêncio bom e as palavras certas — para minha família e para mim em 2023.

Amanheceu.

Guilherme Semionato

Oi! Nasci no Rio de Janeiro em 1986, mas gosto de dizer que nasci de verdade em 2015, quando escrevi minha primeira história para crianças, jovens e quem mais quiser ler. Por ora, tenho cinco livros publicados no Brasil e outros tantos por aí afora.

Além de escrever as minhas histórias, eu também traduzo livros estrangeiros ao português para você ler, livros que amo tanto quanto os meus. E é assim — lendo, pesquisando, traduzindo e escrevendo — que tenho preenchido a minha vida, mas saiba que ela faz mais sentido se você estiver comigo. Vou embora dando um tchauzinho rápido, porque sei que esta não é a nossa despedida.

Lumina Pirilampus

Sou artista visual e pesquisadora do livro para a infância. Nasci em 1994 no Vale do Paraíba, interior de São Paulo. Desde criança, desenho, brinco com cores e me apaixono pelo mundo.

Também tive entre minha infância e adolescência uma amiga que foi morar longe. Ler e trabalhar em *Laila e Jasmim* acolheu uma saudade que de longe eu não imaginava ser tão grande. Os livros fazem isso com a gente!

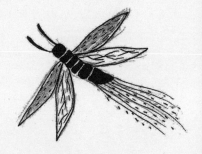

A marca FSC® é a garantia de que a madeira utilizada na fabricação do papel deste livro provém de florestas que foram gerenciadas de maneira ambientalmente correta, socialmente justa e economicamente viável, além de outras fontes de origem controlada.

Esta obra foi composta em Electra e impressa pela Gráfica Bartira em ofsete sobre papel Pólen Natural da Suzano S.A. para a Editora Schwarcz em março de 2024.